50대,
달리기를 할 줄이야

50대, 달리기를 할 줄이야

초 판 1쇄 2024년 01월 11일

지은이 박정미
펴낸이 류종렬

펴낸곳 미다스북스
본부장 임종익
편집장 이다경
책임진행 김가영, 박유진, 윤가희, 이예나, 안채원, 김요섭, 임인영

등록 2001년 3월 21일 제2001-000040호
주소 서울시 마포구 양화로 133 서교타워 711호
전화 02) 322-7802~3
팩스 02) 6007-1845
블로그 http://blog.naver.com/midasbooks
전자주소 midasbooks@hanmail.net
페이스북 https://www.facebook.com/midasbooks425
인스타그램 https://www.instagram/midasbooks

© 박정미, 미다스북스 2024, *Printed in Korea*.

ISBN 979-11-6910-443-2 03810

값 **19,000원**

미다스북스는 다음세대에게 필요한 지혜와 교양을 생각합니다.

중년의 무기력함 달리기로 날려라

50대,
달리기를 할 줄이야

박정미 지음

미다스북스

들어가는 글

2020년 코로나가 시작되던 해 여름 달리기를 시작했다. 사람들은 모두 마스크를 쓰고 다녔고, 코로나 확진자가 주변에 한 명이라도 발생하면 무슨 큰일이라도 난 것 같은 분위기였다. 방과 후 강사로 일하며 학교에 가다 말다 했다. 집 안에 머무는 시간이 많았다. 가끔 다니던 헬스장마저 실내 집합 금지 명령으로 문을 닫게 되자, 움직임은 더 줄어들었다. 몇 개월 사이 얼굴선이 확연히 둥글어지고 입던 바지는 꽉 끼었다. 컴퓨터 앞에 앉아 있는 시간이 길어졌다.

평소 자주 가던 블로그에서 달리기 회원을 모집한다는 공지를 보았다. 달리기? 뜬금없었다. 나이가 오십이었다. 이 나이에 무슨 달리기인가 싶었다. 어른이 된 이후 뛴다는 것에 대해서는 거의 생각해 본 적이 없다. 어릴 적에 잘 달린 편도 아니다. 운동에는 별로 소질이 없었다. 10분만 걷거나 뛰고 나서 인증하면 된다는 말에 끌려서 신청서를 냈다. 뛰어보기로 했다.

매일 아침 10분 달리기 미션이 시작되었다. 마감 시간은 오전 8시. 일어나자마자 옷을 갈아입고, 밖으로 나가 달린 후 무조건 인증부터 했다. 단톡방에 매일 제시되는 보드에 내 이름과 운동 시간을 적어 올리고 나면 아침부터 뭔가 하나 해냈다는 생각에 그렇게 뿌듯할 수가 없었다. 무기력하던 일상에 작은 변화가 찾아왔다.

한 아파트에서 이십 년 넘게 살고 있다. 조금만 걸어 가면 작은 강이 나오고 강변을 따라 산책로가 잘 조성되어 있다. 특별한 일이 없는 한 밖으로 잘 나가지 않는 편이었다. 어쩌다 강변에서 행사가 있는 날 일 년에 한두 번 정도 나가 보는 게 다였다.

온라인 운동 모임을 시작하면서 매일 아침 강변에 나가 산책로를 걷거나 뛰었다. 새벽 공기는 신선했고 새 소리가 귀에 들어왔다. 구름과 나무와 꽃에 눈길이 갔다. 모든 게 새로웠다. 집 가까이에 이렇게 아름다운 자연이 있다는 사실을 모르고 살았다. 왜 그동안 집안에만 틀어박혀 있었을까 하고 후회했다. 밤에 잠이 들 때면 다음 날 아침이 빨리 왔으면 하는 마음마저 들었다. 하루 10분 달리기는 시간이 지나면서 11분, 12분으로 점차 늘어났다.

방과 후 강사로 일했다. 아이들을 가르치는 일은 적성에 맞았지만, 계약직으로 매번 평가받고 연장 근무 가능성에 대해 늘 노심초사했다. 존재감 없었다. 열심히 했지만, 사람들이 나를 알아주는 그런 날은 오지 않았다. 희망도 목표도 없이 그저 편하다는 이유로 그 일을 계속해 왔다.

인정받고 싶었다. 존재감을 느끼고 싶었다. 달리기는 내가 살아있음을 느끼게 해주었다. 나도 해낼 수 있다는 사실을 처음으로 알게 되었다. 10킬로미터 마라톤 대회에 신청서를 내고 매일 연습했다. 꼭 성공하고 싶었다. 완주했다. 그 순간의 성취감이란! 짜릿했고 통쾌했다. 준비 과정에서 성장했고, 완주를 통해 강해졌다. 몸은 건강해졌고, 정신은 맑아졌다.

달리기를 통해 몸과 마음이 가벼워지자, 뭔가 자꾸만 시도하게 되었다. 블로그 강의를 듣고, 고전 필사 챌린지를 하고 새벽 기상 모임에도 참여했다. 그러다 글쓰기 특강을 들었다.

글을 쓰면 자신의 경험으로 누군가를 도울 수 있다는 말이 귀에 들어왔다. 강의를 들으며 주변 친척들과 친구, 지인들이 떠올랐다. 그들은 만나면 주로 어딘가 아프다는 이야기부터 꺼냈다. 나이가 드니 당연한 현상일 수 있다. 하지만 나는 그 이야기들이 별로 와닿지 않았다. 달리기를 통해 몸과 마음이 예전보다 더 건강하고 활기차게 되었다. 누군가 나의 이야기를 듣고 운동을 하게 된다면, 무기력한 일상을 벗어나고, 활력을 얻을 수도 있지 않을까 하는 생각이 들었다. 책을 쓰기로 했다.

1장은 중년이 되어 겪는 생각과 느낌을 적었다. 중년은 나이가 들면서 대부분 체력이 떨어지고 기운이 없어진다. 하지만, 한편 아이들이 다 자라 내 시간이 많아지기도 하는 시기다. 시간적 여유가 있으니 무엇이든 마음만 먹으면 할 수 있다는 사실을 말하고 싶었다. 2장은 이제까지 해

온 활동들에 대해 적었다. 성과는 적었고 무엇하나 제대로 끝내는 일이 없었지만 어떤 일이든 시도하는 배우는 과정에서 얻고 분명 깨달은 바는 있었다. 3장은 달리기를 시작하게 된 계기와 과정을 자세히 적었다. 처음 10분 달리기부터 10킬로미터 마라톤에 출전하게 되기까지의 이야기가 담겨 있다. 4장은 마라톤에 참여한 경험을 적었다. 매번 참가할 때마다 추억을 쌓은 것은 물론이고 뭔가 하나씩 배울 수 있었다. 몸이 바뀌게 되면서 생각도 많이 달라졌다. 보다 긍정적이고 적극적으로 변했다. 5장에서는 달리기를 통해 배우고 깨달은 바를 적었다.

갱년기가 어떻게 지나갔는지 모르게 지나갔다. 나이 들었다고 그렇게 우울하거나 불안하지도 않다. 달리기하면서부터 목표를 정하고 성취하고 있다. 나는 오늘도 운동화를 신고 현관문을 나선다.

차례

제1장

무기력의 그늘

1. 내 나이 어느덧 중년

아이들이 다 자랐다. 두 아이 모두 각각 대학교에 가면서 집을 떠났다. 더 이상 아이들을 돌보기 위해 시간을 쓰지 않아도 된다. 마음만 먹으면 언제든 시간을 내 마음대로 쓸 수 있다. 몸은 예전 같지 않고 얼굴에는 주름이 졌다. 신체가 노화한 것은 서글픈 일이지만, 대신 넉넉한 시간을 얻었다.

며칠 전 전화기가 울렸다. 딸의 전화다.

"엄마, 잘 지내셨어요?"

"응, 그래 딸 잘 지냈어?"

"엄마 며칠 후 과에서 단체 사진을 찍는데 정장 차림으로 찍기로 했어요."

딸과 통화를 했다. 서로 안부를 물었다. 딸은 대구에서 학교에 다닌다. 방학이지만 학교에서 할 일이 많아 집에 오지 않았다. 혼자 원룸에서 지낸다. 오랜만에 온 전화를 반갑게 받았다. 딸은 사진 찍을 때 옷이 필요하다고 했다. 올해 대학교 3학년에 올라가는 딸, 아직 정장 한 벌 제대로 못 사 줘 봤다. 이 기회에 옷도 사고 신발도 사기로 했다. 아이의 일정에 맞춰 만날 날짜를 잡았다.

이른 아침 버스를 타고 동대구역에 도착했다. 약속 시간보다 한 시간이나 빨리 왔다. 근처 카페에 들어가서 커피를 시켜 놓고 앉아 책을 보며 딸을 기다렸다. 잠시 뒤 딸이 들어온다. 마스크 위로 눈이 초롱초롱 빛난다. 딸이 내 옆에 착 붙어 앉았다. 어떤 스타일의 옷을 살 것인지 점심은 언제 뭘 먹을지 의논했다. 점심은 자기가 사 줄 거니 뭘 먹을지 같이 식당을 골라 보자고 한다. 미리 검색해 온 몇 군데 식당을 핸드폰으로 보여 준다. 이탈리안 식당을 고르고 예약까지 끝냈다.

터미널 옆 백화점으로 올라갔다. 여성 의류의 매장은 3

층과 4층이었다. 이리저리 둘러보다가 괜찮아 보이는 검은색 정장이 눈에 들어온다. 종업원에게 입어 봐도 되냐고 묻고 옷을 가지고 탈의실로 들어가 갈아입고 나왔다.

"이 옷 얼마예요?"
"103만 원입니다."

순간 딸과 나는 눈을 마주쳤다. 서로 당황스러웠다. 딸은 침착하게 탈의실로 다시 들어가 자기 옷으로 갈아입고 나왔다. 우리는 눈짓으로 나가자는 신호를 주고받았다. 겨우 매장을 나와서 걸으며 딸이 양손으로 내 팔을 부여잡으며 귀에다 대고 작은 목소리로 속삭인다.

"엄마, 나 심장 떨려 죽는 줄 알았어."
"엄마도 그래."
"가격이 세 자리인 옷 처음 입어 봐."

우리는 말없이 빠른 걸음으로 그 매장을 빠져나왔다. 매장에서 한참 멀어진 뒤에야 우리는 긴장을 풀 수 있었다. 딸과 함께 팔짱을 끼고 걸었다. 그러다가 곧 키득키득 웃기 시작했다. 이 상황이 왠지 자꾸만 웃겼다. 이후 매장을 더 둘러보다가 적당한 가격의 정장 재킷을 살 수 있었다. 예약한 점심시간이 되어 식당으로 빨리 이동했다. 밥을 먹고 다시 매장으로 올라가 이번에는 신발 가게로 갔다. 종업원은 친절했다. 신발을 골랐다. 검은색에 약간의 굽이 있는, 어느 옷에나 어울릴 것 같은 무난한 신발이었다. 쇼핑이 끝나자, 딸은 다음 일정이 또 있다며 가 봐야 한다고 했다. 쇼핑백을 들고 손을 흔들고 돌아서 가는 딸의 뒷모습을 한참 바라보았다. 어리게만 생각되던 딸이 어느새 자라서 대학생이 되고 혼자서 자취하며 지낸다. 세월이 참 빠르다.

딸과 헤어진 후 지하상가에 있는 중고 서점에 갔다. 돌아가는 버스 출발 시간까지 3시간 정도 남았다. 일부러 늦게 차표를 끊었다. 느긋하게 알라딘 서점을 둘러보고 책도 한 권 구매했다. 그래도 시간이 남아 다시 카페에 와서 읽던 책을 펼쳤다. 카페에는 함께 온 연인, 친구 등 사람들로 북적였다. 제법 많은 분량 책을 읽을 수 있었다. 밑줄 긋고 생각에 잠기기도 했다. 여유로웠다. 차 시간이 되어 카페를 나와 버스에 올랐다. 딸이 필요하다는 것을 사 주러 올 수 있는 시간적, 경제적 여유가 있었다. 어두운 창밖을 바라보며 슬며시 웃음이 났다.

아이들 키우기 바쁘던 시절에는 이런 날이 오리라고는 상상도 하지 못했다. 큰아이 태어났을 때는 양치할 시간도 없고 화장실도 맘대로 못 갔다. 둘째는 딸이라 조금 수월하기는 했지만, 두 아이 돌보느라 시간이 어떻게 지나는지 모르게 다 지났다. 이제는 느긋하게 딸과 데이트까지 하게 되었다. 그 어느 때보다 여유 있고 한가한 시간을 보내고 있다. 아들이 중·고등학교 다닐 때가 가장 힘들었다. 사춘기라 반항하고 싸우고. 아침마다 아들과 전쟁하던 날도 있었다. 그런 날이 지나가고 지금은 남편과 단둘이 산다. 집이 조용하다 못해 적막하다. 아이들 둘 다 대학생이 되어 집을 나가고 이제는 넓은 집에 남편과 나, 둘 뿐이다.

어느새 중년이 되었다.

염색한 지 얼마 되지 않았는데도 금세 흰머리가 올라온다. 이제 한숨 돌리며 지나온 인생을 돌아본다. 어느새 오십 초반이 되었다. 내가 진정 무엇을 원하는지 하고 싶은 게 어떤 일인지 생각할 겨를도 없었다. 이제 제대로 살아볼 나이다. 남은 날들을 잘 보내자고 한다. 의미 있고 가치 있는 인생을 살아가고 싶다. 아직도 남은 날들이 많다. 하루하루가 소중하다.

2. 아픈 채로 버티는 삶

사촌 언니 생일이 다가와 전화를 걸었다.

"언니 생일 축하드려요. 벌써 환갑이네요. 돈 조금 보냈으니까 맛있는 거 사 드세요."

몇 마디 안부를 더 묻고 전화를 끊었다. 사촌 언니는 몇 년 전부터 걷는 게 불편하다. 걸으면 무릎과 다리가 아파서 병원에 다닌다.

다리가 불편하니 잘 다니지를 못한다. 걸음걸이가 부자연스럽고 천천히 걸을 수밖에 없다. 평소 어디든 잘 다니고 활발하던 언니가 다리가 아프고부터 바깥 활동이 많이 줄어든 눈치다. 가끔 보는데 기운도 많이 없어 보인다.

언니는 이제 겨우 환갑의 나이다. 예전 같으면 적지 않은 나이지만, 평균 수명이 늘어난 요즘은 그렇게 많은 나이라고 볼 수도 없다. 아직도 살날이 많은데 벌써 몸이 불편하게 되었다. 앞으로 이삼십 년은 더 산다고 하면 불편한 다리로 남은 인생을 살아가야 한다.

한 달에 한 번 만나는 모임이 있다. 내 또래 친목 모임이다. 만나서 맛있는 것 먹고 차도 마시면서 한 달 동안 안부를 묻고 쌓인 스트레스도 푼다. 즐겁게 시간을 보내다 보면 꼭 빠지지 않는 이야기가 있다. 다들 어딘가 아프다는 것이다.

가게를 하는 친구는 늘 어깨와 목이 아프다고 한다. 어깨가 자신도 모르게 부자연스럽게 위로 올라가고 항상 뻐근하다고 한다. 병원에 가서 물어보니 근육이 뭉쳐져서 그런 거라고 해서 물리 치료를 받고 약을 받아서 먹는다. 직장을 다니는 친구는 디스크가 와서 고생이다. 종일 컴퓨터 앞에 앉아서 일을 하며 과중한 업무에 시달리다 보니 목 디스크가 왔다. 역시 병원 치료를 받고 있다. 가끔 마사지를 받기도 한다.

어느 모임이든 나가면 허리나 목과 팔 어깨 아픔을 호소

하는 사람이 꼭 있다. 좌식 생활을 하고 바르지 못한 자세로 일을 해서 그런 것 같다. 운동 부족으로 근육이 약해 생기는 병인 것 같기도 하다. 아픔을 호소하면서 다들 나이가 들었으니 당연하다고 여긴다.

최근에는 동네 친구가 암 진단을 받고 치료 중이다. 오래 알아 온 친구다. 이 친구는 책임감이 강해 친구들 사이에서 신임이 두텁다. 막내가 올해 대학교에 들어갔다. 직장을 다니며 고단하게 살아온 걸 옆에서 지켜봐 왔다. 이제 아이들도 웬만큼 다 크고 조금 자유로운 시간이 오는가 했더니, 병이 찾아왔다.

얼마 전 만나서 함께 밥을 먹었다. 힘이 없는 모습에 마음이 짠했다.

나이가 있는 탓인지 주변 사람 중 조금씩 아픈 사람이 많다. 백 세 시대라고들 한다. 오십, 육십이 되어 벌써 몸이 아프기 시작하면 남은 인생은 다 아픈 채로 지내야 한다는 얘기다. 아프면 삶의 질이 떨어지는 건 당연한 이야기일지 모른다. 건강하지 못한 채로 오래 사는 것은 어쩌면 고통일 수도 있을 것 같다. 몸이 아프면 당연히 마음도 우울해질 수밖에 없다. 몸이 건강할수록 마음도 건강할 확률이 높다.

나이가 들어 찾아오는 노화를 어쩔 수 없겠지만, 아픈 채로 계속 늙어 간다는 것은 생각만 해도 우울하다.

친구들과 얘기를 나누다 보면 대부분 늙어 죽는 순간까지 질병 없이 살다가 평온하게 떠나고 싶다고 말한다. 누구나 가지는 바람일 거다. 갑작스럽게 병이 찾으러 온다면 어쩔 수 없겠지만, 그렇지 않다면 평소 건강관리를 소홀히 하지 말아야겠다. 충분한 수면과 휴식, 균형 잡힌 식단, 그리고 적절한 운동. 이 세 가지를 늘 염두에 둔다.

자주 달리던 강가

충분한 수면과 휴식, 균형 잡힌 식단,
그리고 적절한 운동.
이 세 가지를 늘 염두에 둔다.

3. 시간은 넉넉해도 마음은 쪼그라든다

　올해도 면접을 봐야 했다. 수업을 평소보다 10분 일찍 당겨서 마치고 차를 몰고 교육청으로 향했다. 차에서 내리기 전 운전석 천장에 달린 차량 거울을 내려 마스크를 내리고 얼굴을 한 번 봤다. 오랜만에 화장했다. 혹시나 마스크를 벗고 면접을 볼 수도 있고, 낀 채로 본다고 해도 면접 자리에 민얼굴로 올 수는 없었다.

　심호흡을 한 번 하고 차에서 내려 출입문을 열고 들어갔다. 위층으로 올라가는 중앙 계단 바로 앞, 큼지막한 안내문이 세워져 있었다. '방과 후 강사 면접 장소 3층 소회의실.' 계단을 따라 올라갔다. 반듯하게 써진 붓글씨 액자가 변함없이 같은 위치에 걸려 있다. 교육청에는 지난해 이맘때도 왔었다. 소회의실 명패가 눈에 금방 띄었다. 조금 일찍 도착했기에 화장실에 먼저 다녀오면 좋을 것 같았다. 볼일을 보고 나와 손을 씻고 거울을 봤다. 모처럼 꺼내입은 검은색 재킷을 이리저리 거울에 비춰 봤다.

"똑똑."

소회의실 문을 두드렸다. 인기척이 없다. 빼꼼히 문을 열었다. 의자와 테이블만 가지런히 놓여 있고 사람은 아무도 없다. 2월 중순이었다. 회의실 안은 난방을 하지 않았는지 약간 썰렁한 기운이 돌았다. 햇살이 잘 비추는 창가에 자리를 잡고 앉았다.

얼마 뒤 같은 학교에서 일하는 강사 선생님이 하나둘씩 들어왔다. 인사만 할 뿐 서로 별 이야기는 나누지 않았다. 다들 옷을 갖춰 입고 비록 마스크를 썼지만, 긴장한 모습이 보인다. 잠시 뒤 장학사로 보이는 분이 들어와서 오늘의 면접 일정에 관해 설명했다.

한 명씩 호명하면 면접실에 가서 면접을 보고 돌아갔다. 순서는 프로그램명 가나다순이었다. 나는 '한자' 과목이라 제일 마지막에 이름이 불렸다. 썰렁한 회의실에서 내 차례를 기다려야만 했다. 처음 도착했지만 제일 마지막에 나오게 되었다.

3명의 면접관이 두 가지씩 질문을 했다.

"한자는 어른들도 어려운데 초등학생들에게 어떻게 가르치십니까?"

"예, 한자 자체보다는 우리말을 한자로 풀이해서 최대한 쉽게 알려 주려고 하고 있습니다."

"자격증 시험을 치게 합니까?"

"원하는 학생만 한자 급수 시험을 보도록 하고 있습니다."

면접이 끝났다. 말을 조금 빨리 했다는 생각이 들었지만, 그럭저럭, 이만하면 잘했다고 생각하며 집으로 돌아왔다. 며칠 후 합격 문자를 받았다. Y초는 학교 자체에서 면접을 봤다. 역시 세 명의 면접관 앞에서 두 가지씩의 질문에 답을 해야 했다.

장소가 교무실이었다. 업무를 보고 있는 두어 명의 선생님이 보였다. 면접 보는 내내 신경이 쓰였다. 목소리가 자꾸만 나도 모르게 기어들어 갔다. 교무실을 나오며 힘이 쭉 빠졌다. 집으로 겨우 돌아와 바로 침대에 누웠다. 이곳 역시 며칠 뒤 합격 문자를 받았다. 마지막 한 곳은 작년에 간 학교다. 2년 동안은 계약 유지가 가능하다는 원칙으로 서류나 면접 없이 올해도 그대로 일하게 되었다.

방과후 학교 강사의 특성상 오래 다니고 있던 학교라도 매년 또는 2년에 한 번씩 서류를 내고 면접을 거쳐 다시 계약했다. 시골이라 경쟁자들이 별로 없어 대부분 재채용이 가능했지만, 한때는 다수의 지원자와 경쟁해서 힘겹게 합격하기도 했다.

아이들이 어느 정도 크고 나서 방과 후 강사 활동을 하기 시작했다. 14년 차다. 오전 시간은 자유롭게 할 일을 하고 보내다가 오후에 출근해서 네다섯 시간만 일하고 오면 된다. 보수는 크게 많지 않았지만, 오전 시간을 내 마음대로 활용할 수 있다는 장점이 있다. 아이들을 가르치는 일도 보람 있었다. 어릴 적 꿈이 교사였기에 학생들을 가르칠 기회가 주어졌다는 것만으로 감사했다.

문제는 매년 재채용 절차를 거쳐야 계속 일을 할 수 있다는 사실이었다. 지원 서류를 갖추어 내야 했고 면접을 봐야 했다. 지원서 내고 면접을 보고 하는 과정에서 스트레스가 만만치 않았다. 채용되지 않을 수도 있다는 불안감이 늘 있었다. 매년 찬 바람 부는 가을이 오면 벌써 다음 해 계약이 걱정되기 시작했다. 나이 오십이 넘어 매년 이력서를 새로 쓰고 면접을 보는 일은 그리 유쾌한 일이 아니다.

일을 하려면 규정상 형식적인 절차를 밟는 것은, 어쩌면 당연하다. 그 일을 받아들이는 나의 태도를 바꾸면 된다. 기존에 원서 내고 면접 보는 일이 번거롭고 힘들었다면, 지금은 가급적, 그렇게 생각하지 않으려고 노력한다. 생각하기 나름이다. 어쩌면 늦은 나이까지 일할 수 있다는 사실 만으로도 감사한 일이다. 하고 싶어도 못 하는 사람들도 많다. 내가 가진 지식과 경험을 쓸 수 있다는 것으로도 감사하다.

매해 이력서를 새로 작성하는 일이 꼭 나쁜 일만은 아니다. 이력서를 쓰면서 나의 삶의 자취를 한 번씩 돌아보기도 했다. 매년 쓰는 자기소개서는 쓸수록 조금씩 나아진다. 글쓰기를 배우면서부터는 좀 더 명확하게 나를 소개하기 위해 기존 써 놓았던 글을 이리저리 다듬다 보면 재미있을 때도 있다. 지난 일 년을 돌아보면 새롭게 더 성장하고 발전한 부분도 보인다.

4. 무기력에 발목 잡혔다

　대학교 3학년 여름 방학 때 공무원 학원에 등록했다. 한문학과를 다니고 있던 나는 졸업 후 진로가 막막했다. 취업할 곳이 없었다. 주위 친구들이 한창 공무원 시험에 몰리기 시작했다. 당시로는 좀 큰 액수의 돈을 부모님께 받아 큰마음을 먹고 학원에 등록했다. 좁은 강의실에 수강생들이 가득했다. 너도나도 공무원이 되겠다고 학원을 찾아왔다. 그 틈에 나도 끼었다. 학원을 몇 달 다니다가 말았다. 학교 다니면서 학원에 다니는 것도 힘들었고, 꼭 공무원이 되어야 한다는 절실함도 없었다.

　대학 졸업 후 마땅한 일자리를 구하지 못할 때였다. 친구가 나에게 강사를 해 보지 않겠냐고 했다. 아는 분이 속셈 학원을 개원하는데 강사가 필요하다고 했다. 깊이 생각해 볼 것도 없이 하겠다고 했다. 대학을 졸업했으니, 뭐라도 해야 했다.

학원 강사를 하면서 공무원 시험을 계속 쳤다. 오전에는 도서관에서 공부하고 오후에는 학원에 나가 아이들을 가르쳤다. 친구 중 공무원 시험 준비를 하는 친구들이 많았다. 학원에 다시 등록해서 공부했다. 하지만 공부를 제대로 안 했다. 시험에 계속 떨어졌다. 같이 공부하던 친구들은 서서히 하나둘 시험 합격해서 타지로 떠나가기 시작했다.

동네 친구 중 바로 옆집에 살았던 친구는 대학교 4학년 때 벌써 공무원 시험에 합격해서 졸업과 동시에 발령이 나서 관공서에서 근무하고 있었다. 또 다른 친구도 일 년쯤 공부하고 공사 시험에 붙어 서울로 갔다. 가까이 지내던 고등학교 친구 두 명도 공부한 지 이삼 년쯤 지나자, 몇 달 차이로 둘 다 공무원 시험에 합격해서 발령받아 떠났다. 나만 남았다.

이삼 년 공부해도 시험에 합격하지 못했다. 한 해 일 년 은 학원을 그만두고 시험공부에만 매달렸다. 아침 7시쯤 학원에 제일 먼저 도착해서 자리를 잡고 수업을 들었다.

오전 수업이 모두 끝나면 오후는 도시락을 먹고 그 자리에 그대로 앉아서 공부했다. 저녁은 학원 건물 1층 마트에서, 같이 공부하던 수강생들과 함께 컵라면으로 해결하고 밤 10시쯤 되어서야 버스를 타고 집으로 돌아왔다. 일요일 하루 빼고 6일을 꼬박 그렇게 1년 가까이 공부했다. 그래도 나는 결과적으로 시험에 합격하지 못했다. 더 이상 시험에 합격하지 못하자 시험을 포기했다.

전에 다니던 학원의 원장님을 우연히 길에서 만났다. 다시 학원으로 오지 않겠느냐고 물었다. 더 이상 공부 할 마음이 없어진 나는 그렇게 하겠다고 약속하고 다시 학원으로 돌아갔다.

그때를 되돌아보면, 열정이 없었다. 반드시 공무원 시험에 합격해 취직해야겠다는 간절함이 없었다. 형식적으로 공부했다. 아무리 겉으로 노력하는 듯 보여도 진정한 마음이 없으면 좋은 결과는 얻을 수 없다는 것을 깨달았다.

시간만 흘려보냈다. 부모님의 기대에 부응하지 못하는 것이 마음을 짓눌렀다. 넉넉한 형편은 아니었지만, 부모님은 공부에 필요한 모든 지원을 다 해 주셨다. 학원비를 내주고 도시락까지 싸 주셨다. 3년 가까이 치는 시험마다 떨어졌다. 시험에 응시한 횟수를 열 몇 번까지 세다가 더 이상 세지 않았다.

다시 돌아간 학원 일도 처음 마음 같지 않았다. 일 년 정도 일을 하다가 보니, 부당한 점이 자꾸만 보였다. 급여가 적었고 원장님의 학원 운영 방식도 마음에 들지 않았다. 더 나은 그곳을 바랐다. 매일 교차로 신문을 들여다보는 것이 일이었다. 구인 광고를 뒤져 새로운 학원을 알아보고 면접을 봤다. 면접을 보고 온 날은 앞날에 대한 근심과 걱정으로 한숨도 못 자고 밤을 꼴딱 새우기도 했다.

학원을 옮겼다. 일 년쯤 적응하다가 보면 옮긴 학원이 또다시 마음에 들지 않았다. 다시 교차로를 뒤졌다. 새로 면접을 보고 다시 학원을 옮겼다. 일 년이 고비였다. 문제가 생기면 대화나 타협을 통해 개선할 생각을 안 하고 속으로만 불평불만을 쌓아 두다가 결국 그만두는 쪽으로 생각을 몰고 갔다.

문제의 해결법을 몰랐다. 누군가와 내가 고민하는 부분에 관해 이야기 나누지 않았다. 그저 문제가 생기면 하루빨리 여기서 벗어나자는 생각 먼저 들었다. 문제가 생겨도 뛰어넘지 못하다 보니 비슷한 문제가 생겼을 때 또다시 같은 행동이 반복되었다.

반복되는 시험 실패와 잦은 이직 때문에 자존감은 낮을 데로 낮아졌다. 인생에서 가장 빛나야 할 이십 대에 나는 열등감과 패배감으로 쪼그라들어 있었다. 오십 대가 된 지금 생각해 보면 그게 그렇게 고민할 일도 아니었다. 시험에 안 되었으면 빨리 포기를 하고 다른 어떤 일이라도 해야 했다. 다니던 직장이 마음에 들지 않으면 '우선 피하고 보자'가 아니라 문제를 직시하고 해결해 나갔어야 했다. 그럴 배짱도 용기도 없었다. 회피하기 급급했다. 피해서 떠난 곳에서는 또 비슷한 문제가 반복되었다. 그때로 다시 돌아간다면 나에게 얘기해 주고 싶다. 진짜로 원하는 것이 무엇인지 자신에게 먼저 진지하게 물어보라고.

이미 가 버린 시간은 더 이상 어찌할 수 없다. 단 1초도 과거를 되돌릴 수는 없다. 오랫동안 과거의 기억을 떠안고 살았다. 이제 그 기억은 그만 보내려 한다. 더 이상 내가 실패한 사람, 부족한 사람이라는 생각은 하지 않으려 한다. 과거의 실패와 실수는 나의 일부분이지 나라는 사람 자체는 아니다.

자주 걷던 강변

과거의 실패와 실수는 나의 일부분이지
나라는 사람 자체는 아니다.

5. 생각하기 나름이다.

　둘째를 낳은 후 전업주부로만 살다가 둘째가 초등학교에 들어가던 해 조그마한 일자리를 하나 얻었다. 집 근처 아이들이 다니는 학교에서 일을 하게 되었다. 하루 4시간 방과 후 담당 선생님의 업무를 보조하는 일종의 도우미 자리였다.

　딸의 유치원 친구 엄마가 정보를 줘서 학교 홈페이지를 보고 서류를 접수했다. 지원서에는 대학 때 야간학교 봉사활동 경력, 녹색어머니회 활동, 학원 근무 경력을 썼다. 합격했다. 당시 나 말고도 세 명의 지원자가 더 있었다. 합격하는 순간은 기뻤지만, 그 기쁨은 오래가지 않았다.

　교무실에 배정된 내 자리는 출입문 바로 옆자리였다. 책상은 벽을 향해 있었다. 처음에는 딱히 할 일이 없었다. 주어진 시간을 어떻게든 버티다가 나왔다. 방과 후 담당 선생님이 어쩌다 교무실에 내려와서 간단한 서류 정리를 부탁하면 그 일을 했다. 일은 금방 끝났다.

내 자리는 당시 학부모 일자리 창출 사업의 일환으로 원래 없다가 만들어진 자리였다. 새로 생긴 자리라 담당 선생님도 나에게 무엇을 시켜야 할지, 어디까지 일을 시켜야 할지 모르는 눈치였다. 더군다나 나는 학부모였기에 모두 나를 좀 어려워하는 눈치였다.

집에서 점심을 먹고 난 후 걸어서 10분 정도면 학교에 도착했다. 네 시간 동안 잠깐 업무하고 인터넷을 하며 버티다가 오는 일이 다였다. 나에게 말을 건네는 사람이 별로 없었다. 6개월 계약 기간이 끝날 즈음 다시 재계약할지 말지 고민했다. 그것보다 그 일자리가 계속 있을지 분명하지 않았다. 매일 겨우 버티던 일자리였지만 그 일도 못 한다고 생각하니 아쉬움이 들었다.

다시 모집 공고가 떴고 서류를 제출하고 계속 일을 하게 되었다. 몇 년을 더 하다 보니, 우연히 한자 강사 자리가 났다. 기존 강사가 사정이 생겨 갑자기 일을 그만두었다.

담당 선생님이 나보고 한번 한자를 지도해 보라고 했다. 한문은 대학 졸업 이후 손을 놓았다. 학원을 그만둔 지도 오래되었었다. 어떻게 지도 해야 할지 난감했다. 고민하다가 한 번 해 보기로 했다.

처음 수강생 수는 여섯 명이었다. 한 학기가 지나고 그 사람 다음 학기에 수강생을 모집했을 때는 약 스무 명 정도가 되었다. 학생 수는 점차 늘어났다. 어느 해에는 강사 평가에서 가장 높은 점수를 받기도 했다. 그러나 기쁨도 잠시 늘 연말이 다가오면 우울해졌다. 다음 해 계약이 될 수 있을지, 없을지 미지수였다.

학교 홈페이지에 언제 공고가 뜨는지 계속 주시했다. 공고가 뜨면 이력서를 비롯한 서류를 한가득 써서 내야 했다. 매해 이력서를 쓰는 것은 고역이었다. 재계약의 확률이 높다고 해도 혹시라도 변수가 있을지 몰랐다. 주변 강사들이 경쟁에서 밀려 탈락이 되기도 하는 모습을 많이 봐왔다. 찬 바람 불어오는 가을이 오면 벌써 다음 해 학교에 남을 수 있을지 없을지 고민되었다.

2018년에는 느닷없이 학교에 방과 후 업체가 들어온다는 소식이 들렸다. 위탁업체가 들어오면 방과 후 강사들은 학교와 직접 계약을 하는 것이 아니라 위탁업체와 계약을 하게 된다. 그러면 업체에 일정한 수수료를 줘야 한다. 아이들이 학교에서 내는 방과 후 수업료는 그다지 많지 않다. 따라서 강사가 받는 급여도 적다. 그런데 거기에서 또 업체에 수수료를 내고 나면 강사의 손에 쥐는 돈은 진짜 얼마 되지 않는다.

고민이 되었다. 업체와 계약을 맺어 이 일을 계속할 것인지 말 것인지. 몇 날 며칠을 고민했다. 그러던 중, 업체와 학교 사이에 끼여 약간의 오해가 있었다. 더는 학교에 다니는 것이 내 의지와 상관없이 곤란한 일이 되고 말았다. 10년 넘게 일해 온 학교를 떠나야만 했다.

어느 날은 도서관에 갔다가 도서관 평생 교육 프로그램 강사 모집 공고를 보게 됐다. 도전해 보고 싶었다. 서류를 정성껏 준비해서 제출하고 면접을 봐서 일을 하게 되었다. 도서관에 강의하러 가던 첫날, 들뜨고 설레던 마음을 잊을 수가 없다. 매주 토요일 초등학생들과 즐겁게 수업했다. 꼼꼼히 수업 준비하고 수업 시작 한 시간쯤 전에 도착해서 아이들을 기다렸다.

다음 학기에는 코로나 시기였다. 도서관 평생 교육 담당 자가 줌 수업을 할 수 있겠느냐고 물었다. 컴퓨터를 어느 정도 다룰 줄은 알았지만, 처음으로 접하는 줌 수업은 자신 이 없었다. 못한다고 말하기에는 자존심 상했다. 하겠다고 대답하고 오래전부터 잘 알던 컴퓨터 선생님을 찾아갔다.

줌 수업의 방법을 배웠다. 마이크를 비롯해 장비도 몇 가 지 사고 연습을 했다. 수업은 무사히 끝났다. 하지만, 다음 학기 도서관으로부터 연락이 오지 않았다. 다음 학기 평생 교육 프로그램 편성표에서 내 이름을 발견할 수 없었다.

돌아보니, 방과 후 강사 생활을 하는 동안 참으로 많은 일이 있었다. 지금도 여전히 방과 후 강사 일을 하고 있다. 일이 잘되어 자신감 넘쳤다가도 금방 예기치 못한 일로 좌 절하기도 했다. 크고 작은 일들을 많이 겪었다. 살아가면 서 누구나 겪는 일일지 모른다.

잦은 변화와 시련에 이제는 어느 정도 마음이 단단해졌다. 그 어떤 일이 닥치더라도 별로 동요되지 않는다. 어쩔 수 없는 상황은 받아들이고 내가 할 수 있는 일에는 최선을 다한다.

6. 아이들은 내 곁을 떠나고

"떡볶이 먹을까?"

저녁 먹을 시간이 다가오자, 남편이 대뜸 나에게 물었다. 떡볶이라는 말이 반가웠다. 떡볶이를 마지막으로 먹어본 지가 언제인지 기억도 나지 않았다. 냉동실을 뒤졌다. 언제 해 두었는지 생각나지 않는 떡 한 뭉텅이가 보였다. 먹어도 될까, 생각하면서 일단 물에 넣어 두었다. 장을 본 지 오래되었다. 어묵이 있을 리 없었다. 냉장실 문을 열어봤다. 역시 없다.

아이들이 각자 대학 생활을 하러 집을 떠난 지 벌써 삼년 가까이 시간이 흘렀다. 대학에 들어간 직후에는 방학때마다 집에 돌아와서 보름이나 한 달 정도 머물다 다시학교로 돌아가곤 했다. 하지만 지금은 둘 다 대학 졸업을 얼마 안 남겨 뒤서인지 이제 방학이 되어도 집에 잘 오지 않는다. 어쩌다가 한 번 와도 하루나 이틀 자고는 금방 떠난다.

아이들이 집을 떠나면서 생긴 가장 큰 변화는 매 끼니를 챙기지 않아도 된다는 것이었다. 매 끼니를 챙겨 아이들을 먹이는 것은 여간 힘든 일이 아니었다. 요리에 그다지 흥미가 없는 나는 아이들 키우며 가장 힘든 부분이 식사를 해결하는 일이었다.

아이들이 어릴 적 주말이면 떡볶이를 자주 해 먹었다. 아이들 먹성이 좋던 시절이다. 시댁에서 직접 농사지은 쌀 20킬로그램 한 자루씩 얻어 오곤 했다. 쌀을 가져오면, 일단 떡부터 했다. 동네 방앗간에 쌀을 갖다주고 가래떡을 뽑았다. 갓 뽑아 온 떡은 따끈하고 몰랑하다. 설탕이나 꿀을 종지에 담고 가위로 떡을 잘라 주면 아이들이 무척 좋아했다.

쟁반에 가래떡을 한 가락씩 나란히 놓고 비닐을 덮어 베란다에 내다 놓는다. 하루가 지나고 나면 적당히 떡이 굳는다. 살짝 굳은 떡을 가져와 반 정도는 떡국떡으로 썰고 나머지 반은 떡볶이용으로 길쭉길쭉하게 자른다. 고르게 펴서 지퍼백에 잘 나누어 담고 냉동실에 넣어 둔다. 딸은 옆에서 비닐 팩을 뽑아 주고 같이 넣기도 했다. 보관한 떡으로는 아침 대용으로 가끔 떡국을 끓여 먹었고, 주말 점심이나 간식으로 떡볶이를 해 먹었다. 한 팩씩 빼 먹다 보면 떡을 한 지 얼마 안 지난 것 같은데 금세 떡이 다 사라졌다.

"마트에 가서 어묵 좀 사 올게요."
"그냥 떡만 먹지."
"잠깐이면 되는데 갔다 올게요."

집을 나와 마트로 가서 어묵을 사 왔다. 냄비에 떡과 어묵을 넣고 끓였다. 고추장과 고춧가루 그리고 간장 한 스푼, 올리고당 한 스푼을 넣었다. 파와 양배추도 조금 추가했다. 떡볶이가 끓는 동안 식탁에 수저를 놓는다. 딱히 꺼낼 반찬도 없다. 냄비 받침과 앞접시만 준비했다. 가스레

인지 불을 끄고 냄비를 식탁으로 옮겼다. 빨간 국물이 제법 먹음직스러웠다. 젓가락으로 떡을 하나 집어 입 안에 넣었다. 오랜만에 맛보는 맵고 짜고 달콤한 맛이다.

아이들이 떠난 뒤 떡볶이를 해 먹을 일이 별로 없다. 남편과 단둘이 살다 보니, 음식 자체를 잘 안 하게 된다. 남편이 모임이나 회식으로 저녁을 먹고 들어오는 날이 잦을 때는 며칠 동안 거의 음식을 하지 않는 때도 있다. 쌀 세 컵을 씻어 밥을 해 두면 며칠을 간다. 어떤 날은 밥에서 냄새가 나서 더 이상 못 먹은 일도 있다.

아이들이 집에 있을 때는 식재료를 사다 나르기 바빴다. 겨울철 귤 한 상자를 사면 아이들과 왔다 갔다 하며 집어 먹다 보면 얼마 지나지 않아서 금세 바닥이 보였다. 한창 잘 먹을 때는 겨울 동안 귤을 서너 박스 먹은 적도 있다. 지금은 마트에서 귤 한 망 사다 놓아도 며칠을 간다. 맛있게 먹다가 아이들 생각이 났다. 통화 한지가 오래되었다. 전화를 걸었다.

"동현아."

"왜요. 엄마?"

"뭐하나 싶어서. 잘 지내고 있어?"

"예, 지금 동아리방에서 중간고사 공부하는 중이에요."

"그래, 저녁은 먹었어?"

"아니, 아직요."

"그래, 밥은 먹고 공부해야지."

전화를 끊었다. 이번에는 딸한테 전화했다.

"소윤아."

"예, 엄마."

"뭐해?"

"아, 친구들이랑 벚꽃 구경 가는 중이에요. 차 안이에요."

"그렇구나! 잘 지내나 싶어서 전화했어. 알겠어. 끊어."

아들은 시험공부를 하느라, 딸은 놀러 가느라 바쁘다.

남편과 나는 말없이 다시 떡볶이를 먹기 시작했다. 많이 먹지도 않았는데 배가 부른 것 같았다. 둘 다 숟가락을 놓았다. 수저를 싱크대에 넣고 먹다 남은 떡볶이는 싱크대 한쪽 구석에 갖다 두었다.

네 식구 둘러앉아 밥을 먹던 시절이 언제였나 싶다. 어느새 둘 다 집을 떠나 각자의 공간을 가지고 살고 있다. 키울 때는 언제 클까, 싶었는데 금세 자랐다. 이제는 명절이나 아니면 어쩌다 한 번씩 얼굴 본다. 아이들이 다 자라고 보니, 어릴 적에 좀 더 잘해 줄걸 하는 아쉬움이 크다. 특히, 바쁘고 귀찮다는 이유로 음식을 제대로 못해 준 부분이 제일 마음에 걸린다. 이제는 다 커 버려서 해 주고 싶어도 그렇게 해 줄 수가 없다. 웃고 떠들고, 때론 싸우기도 하면서 네 식구 복작거리던 그 시절. 그럴 때가 있었다.

7. 예전 같지 않다

"어머니 안녕하세요. 민준이 수험표를 오늘 보냈어요. 잘 보관해 두셨다가 시험 치는 날 가지고 가면 됩니다."

"예 감사합니다. 선생님."

"아 그리고 다음 주에는 현장 체험 학습을 가서 수업이 없습니다. 오늘 숙제를 좀 많이 내 줬습니다. 시험 때까지 어머니가 집에서 좀 봐주세요."

"예, 선생님."

직장에서 전화를 받는지 민준이 어머니가 소곤소곤 대답한다. 6월 초에 한자 급수 시험이 있다. 5월에는 현장 체험 학습과 대체 공휴일, 석가탄신일이 끼어 있어 수업 일수가 앞으로 이틀밖에 남지 않았다. 오늘 특별히 민준이를 더 신경 써서 봐줬다. 어머니께 지도를 부탁하는 전화도 드렸다. 어머니 목소리에 감사함이 느껴진다. 통화하길 잘

했다. 문자로 대충 '다음 주에는 수업이 없습니다.'라고 보낼까도 싶었지만, 전화를 드려야 할 것만 같았다.

십여 년 전 한자 강사를 처음 할 때, 아이들을 잘 가르치고 싶었다. 수업 준비에 시간을 많이 할애했다. 수업 시간에는 한 명 한 명 정성을 다했다. 특히 학생들에게 한자 시험을 치게끔 많이 동기 부여하고 격려하고 도와줬다.

한자 시험일 두 달 전부터 원서 접수가 시작된다. 한자 시험 신청 안내문 작성하는 것부터 정성을 들였다. 한자 시험의 목적과 의의에 관해 설명하고 신청 방법도 상세히 적었다. 신청서를 받으면 시험 주최기관 홈페이지에 들어가 원서를 접수한다. 인적 사항을 기재하고 사진은 파일로 받아서 편집 프로그램을 이용해서 수정한 다음 올려야 했고 원서비도 받아야 했다.

서른 명이 넘는 아이들을 각각 다른 급수에 맞추어 원서를 내려면 며칠 동안 원서 접수에 매달려야 했다. 학생들은 신청서를 기한 내에 잘 가져오지도 않고 사진이나 원서비를 빠뜨리기도 한다. 인적 사항을 잘못 기재해 줘서 주최 기관에 전화해서 수정하기도 했다.

  시험 당일이 되면 미리 나눠 줬던 수험표를 잃어버렸다며 시험 시작을 얼마 안 남기고 전화가 오는 일도 있다. 그럴 때면 또 부리나케 수험표를 출력해 시험장에 직접 갖다주기도 했다. 합격 발표가 나는 날에는 새벽부터 긴장했다. 아이들이 혹시라도 떨어질까 봐 노심초사했다. 합격자 발표 당일이 되면 미리 컴퓨터를 켜고 대기하고 있다가 아홉 시 정각이 되면 들어가 확인해 봤다.

  합격을 알리는 화면이 뜨면 소리를 지를 정도로 기뻤다. 특히 조금 점수가 부족하다 싶은 아이가 합격할 때면 통쾌했다. 아이들 각자 합격 여부를 확인하고 바로 부모님께는 문자를 보냈다. 감사 인사도 많이 받았다. 아이들의 발전과 변화에 기뻐하는 부모님을 뵈면 보람을 느꼈다.

  공개 수업이 있는 날이면 몇 달 전부터 고민했다. 어떻게 하면 잘할 수 있을지 방법을 찾았다. 책이나 인터넷을 뒤져 자료를 찾아 수업 지도안을 짜고 그림을 직접 그려 한자 카드를 만들고 활동지도 여러 교재를 참고해서 직접 만들었다.

아이들 간식도 잘 챙겼었다. 방과 후 수업 시간에 아이들은 배고프다는 소리를 자주 했다. 활동량이 많은 아이는 급식을 먹었어도 금방 배가 꺼졌다. 수업에 올 때마다 매일은 아니더라도 자주 간식을 줬다. 작은 사탕이나 쿠키 같은 것들을 준비해서 주거나, 아이스크림이나 떡볶이를 사 주기도 했다. 마트에 장을 보러 갈 때면 아이들 간식으로 무엇을 줄지 한참 고민했다. 아이들이 좋아할 만한 새롭고 좋은 것을 주고 싶었다.

예전에 한 명이라도 더 시험을 치게 하려고 노력했다면 지금은 최소한의 인원만 시험을 치게 한다. 개인별 진도에 맞추어 따로 원서를 내고 공부를 시켜 합격시키는 일이 이제 조금 버겁다. 아이들 배고프다는 소리를 듣고 그냥 지나칠 때가 많다. 아이들은 사탕 하나에도 만족한다. 사탕 하나 못 챙긴 날은 미안하다. 그래도 내가 맡은 아이들에게는 최선을 다하려고 한다. 한자 공부를 하려고 정규 수업 외에 시간을 내서 내 수업을 듣는 아이들을 소홀히 대할 수는 없다. 정성을 다하는 것이 마땅하다.

올해 초 한 초등학교에서는 문자로 수강 신청을 직접 받았다. 10분 만에 정원이 마감되었다. 학부모님들께 마감 공지가 나갔는데도 전화 문의가 계속 왔다. 대기자에라도 넣어 달라는 요청을 받았다. 감사한 일이다. 수강생이 작년보다 두 배나 늘었다. 이런 상황들은 어쩌면 매 순간 최선을 다한 덕분인지 모르겠다.

늘 매년 연말이면 새로 원서를 내고 면접을 보고 다시 계약했다. 번거로운 과정을 거치면서 방과 후 강사 일하기 쉽지 않았다. 하지만 어려운 일들을 잘 넘기고 그래도 이렇게 오랜 시간 수업을 해 오니 나름, 성과가 있다. 이제 어느 정도 가르치는 일에 큰 어려움은 없다.

예전에 비해 아이들을 열심히 지도해 보겠다는 의욕이 준 건 사실이다. 그래도 내가 맡은 아이들이니 최선을 다해 돌보는 것이 마땅하다. 내가 하는 일에 최선을 다하는 것은 기본이다. 내일 수업 준비를 해야겠다.

주로 달리던 산책로

내가 하는 일에 최선을 다하는 것은 기본이다.

제 2 장

뭐 재미난 거
어디 없을까?

1. 새로운 일은 두렵다

방과 후 한자 강사 일을 하면서 처음에 무엇을 어떻게 가르쳐야 할지 몰랐다. 주변에 한자 강사 일을 하는 사람이 없었다. 할 수 있는 유일한 일은 인터넷을 검색해 보는 것이었다. 검색을 통해 한 인터넷 카페를 알게 되었다. 방과 후 강사들의 커뮤니티 공간으로 도움이 되는 여러 정보를 얻을 수 있었다. 그곳에서 한 분을 알게 됐다. 컴퓨터 강사를 하다가 과목을 바꿔 로봇 과학 강의를 하는 분이었다. 자기 경험을 담아 방과 후 관련 책을 썼다. 그 책을 사서 봤다. 과목은 달랐지만, 방과 후 전반에 대해 상세히 알려줘서 도움이 많이 되었다. 어느 날 그 분이 카페 게시판에 책 한 권을 소개했다.

『내가 글을 쓰는 이유』였다. 책을 주문해서 읽었다. 술술 읽혔다. 책을 덮고 나자, 나도 글을 쓰고 싶다는 생각이 들었다. 글을 쓰고 싶다는 생각은 예전부터 어렴풋이 가지고 있었다. 책을 많이 읽은 편이 아니다. 가끔 자기 계발서 한 두 권 읽는 것이 전부였다. 딱히 뭔가를 쓰고 싶은 마음도 없었다.

단지 어릴 때부터 미래 직업 또는 꿈과 관련한 세 단어가 늘 마음속에 있었다. 첫째는 기자, 다음은 교사, 그리고 마지막 단어는 작가였다. 언제 왜 이런 생각을 가지게 되었는지 잘 모르겠다. 어디선가 보고 들은 걸지도 모른다.

책을 읽은 후 저자의 블로그를 찾아가 봤다. '작가 수업'이라는 강의하고 있었다. 서울과 창원에서 오프라인으로 진행하는 강의였다. 저자는 두 번째 책을 준비하고 있다고 했다. 블로그에 찾아가면 늘 새로운 읽을거리가 있었다. 자연스럽게 글쓰기 강좌에 등록하고 싶은 마음이 들었다. 내 책을 낸다는 생각은 감히 하지 못하고 그때는 저자의 '글을 써야만 인생이 나아질 수 있다.'라는 말만 계속해서 귀에 들어왔다.

수업료가 50만 원이었다. 당시 살림 하고 아이를 키우면서 50만 원은 내게 적지 않은 돈이었다. 마음은 당장, 등록하고 글쓰기를 배우고 싶었지만, 선뜻, 결제하지 못하고 있었다. 돈도 돈이지만 거리가 문제였다. 서울이나 창원까지 직접 가서 수업을 들어야 했다.

지방에서 오래 살아온 나는 서울 한 번 가는 것이 큰 부담이었다. 지금이야 ktx가 생겨 그나마 많이 가까워졌지만, 당시는 서울 한 번 가려면 기본 세 시간 이상 걸렸다. 오가는 시간에 수업까지 3시간 듣고 오면 거의 종일 밖에 나가 있어야 했다. 아이들도 아직 어려 종일 집을 비운다는 것도 부담이 되었다. 고민만 하다가 시간이 흘러갔다.

"언제 와요?"
"어, 늦을 거야. 기다리지 말고 자."

그날도 남편이 늦게 들어온다고 했다. 골프를 배우기 시작한 남편은 골프에 푹 빠져 있었다. 일을 마치면 연습장으로 달려가 몇 시간 동안 연습을 하고, 쉬는 날이 되면 친구들과 약속을 잡아 골프를 치러 갔다. 사흘이 멀다고 집에 택배가 오기도 했다. 골프 옷과 용품들이었다. 골프를 배우면서 새로 알게 된 사람들로부터 연락도 자주 왔다. 처음에는 가끔 오던 전화가 점점 더 자주 왔다. 전화가 오면 남편은 내 눈치를 살피며 다른 곳에서 전화를 받기도 했다. 남편의 그런 모습에 슬슬 화가 나던 어느 날 우연히 남편의 핸드폰 문자를 보게 되었다. '20만 원, 5만 원, 12만 원……'

골프를 치러 가서 하루 동안 쓴 카드 결제 명세 문자였다. 골프를 시작하고 대강 돈을 많이 쓴다는 것은 알고 있었지만, 그렇게 많이 쓸 줄은 몰랐다.

"아니 이게 뭐예요?"
"쓸 만하니까 썼지."

나의 추궁에 남편은 버럭 화를 냈다. 어이가 없었다. 핸드폰을 챙겨 들고 신발을 신었다. 현관문을 있는 힘껏 쾅 닫고 집을 나왔다. 아파트를 빠져나와 늘 가던 강변을 향해 발걸음을 옮겼다. 땅만 보고 걸었다. 빠르게 한참 걸었다. 얼마쯤 걷고 나자, 느닷없이 글쓰기 수업 결제해야겠다는 생각이 떠올랐다. 억울했다. 생각만 했지. 결제를 망설이고 있는 내가 한심하게 느껴졌다. 느리던 걸음이 빨라졌다. 집으로 거의 달려오다시피 했다. 집에 돌아오자마자 컴퓨터를 켜고 신청서를 작성하고 결제를 해 버렸다.

시원했다. 드디어 글쓰기 수업을 들을 수 있겠구나 싶었다. 하지만 얼마 뒤, 서울까지 어떻게 갈지. 과연 할 수 있을지 등 여러 생각들이 고개를 들기 시작했다. 충동적으로 결제하기는 했는데, 어떻게 해야 할지 몰랐다. 그때부터 초조하고 불안해지기 시작했다. 당장 다음 달부터 시작해야 했다. 머리가 복잡했다. 괜한 짓을 했다는 마음이 들었다. 결국 수업 시작 전 취소 요청을 하고 냈던 수업료는 환불받았다.

뭐가 그렇게도 두려웠을까? 이미 지난 일이지만, 그때 만약 용기를 내어 결정한 그대로 밀고 나갔더라면 어땠을까. 변화하려면 시도를 해야 한다. 새로운 일을 해야 한다.

안 하던 새로운 일을 하려면 항상 두려움이 따라온다. 두려움을 이기지 못하고 물러났다.

충동적으로 일을 결정한 잘못도 크다. 뭔가 하려면 진지하게 충분히 고민한 후 결정해야 했고, 결정했다면, 그 일을 책임져야 했다. 그러질 못했다. 모든 건 핑계다. 절실하지 않았다. 만약 절실했더라면 거리와 시간은 문제 되지 않았을지도 모른다.

2. 하다 말다 반복되고

2020년 2월이었다. 인터넷에서 우연히 글쓰기 특강 안
내를 봤다. 신청서를 작성하고 참가비를 이체한 후 날짜를
기다리고 있었다. 특강이 3월 초에 서울에서 있을 예정이
었다.

코로나가 2월 말에 발생했다. 특강 날짜가 다가오는데,
코로나는 점점 확산하는 추세였다. 서울에도 한창 코로나
가 돌고 있었다. 걱정이 앞섰다. 사람들 많은 곳에 갔다가
코로나에 감염이 되어 오면 낭패였다. 만약 코로나에 걸
린다면 나도 학교에 문제가 되겠지만 더 신경 쓰이는 것은
남편이었다.

그 당시 남편 회사에서는 코로나 방역에 철저하게 대응
하고 있었다. 만에 하나 직원이 코로나에 걸려 오면 회사
전체가 멈춰야 했다. 그러면 회사에 막대한 손실이 발생한
다. 혹시라도 코로나에 걸리면 엄중한 처벌이 예견되던 분

위기였다.

'그래도 이번에 몇 년 만에 가게 된 기회인데, 당연히 가는 게 맞지 않을까. 아니야 진짜 만에 하나 서울에 갔다가 코로나에 걸려서 남편에게 옮긴다면, 회사에 큰 책임을 물어야 할 텐데.' 고민이 끝없이 이어졌다. 날짜가 하루 앞으로 다가왔다. 결국 특강 듣기를 포기했다.

코로나가 여전히 계속되었다. 학교는 나가다 말다 반복하게 되었고, 여유 시간은 많아졌다. 그렇게 몇 달이 흐른 후 글쓰기 수업이 온라인으로 열린다는 걸 알았다. 지방에 살면서 뭔가 배우고 싶은 것이 있어도 늘 먼 거리가 문제라고 생각했다. 온라인으로 열린다면 충분히 할 수 있을 것 같았다. 다시 한번 도전해 봐야겠다는 생각이 들었다. 수업을 신청했다.

토요일 오전 7시 수업을 들었다. 아들이 고등학교 때 사용하던 노트북이 집에 있었다. 아들이 대학에 가면서 새 노트북을 사면서, 헌 것은 집에 두고 갔다. 그 노트북을 이용해서 줌으로 수업을 들었다. 몇 년 전 오프라인으로 들으려고 했다가 포기한 수업을 온라인으로 들을 수 있게 되었다.

새로운 기대감을 안고 수업을 듣고는 주어진 과제를 제출했다. 책 쓰기 주제를 방과 후 이야기로 잡았다. 방과 후 강사 활동을 하면서 겪은 이야기를 추려서 써 봤다. 내가 겪은 일이니까 글을 잘 쓸 수 있을 줄 알았다. 하지만 그건 착각이었다.

그동안 글을 써 본 경험이 거의 없었다. 수업을 들었지만, 글을 도무지 어떻게 써야 할지 몰랐다. 막막했다. 연습한다는 개념조차 없었다. 쓰기 어렵다는 생각만 했지 도무지 글을 쓰지 않았다. 수업을 석 달 정도 듣고 한 번 두 번 수업에 빠지기 시작했다. 그러다가 완전히 수업에 들어가지 않았다. 당연히 글도 쓰지 않았다. 딱히 누가 뭐라는 사람도 없었다. 혼자 결정하고 시도했다가 그만두었다.

그렇게 두 번째까지 글쓰기 공부는 포기하게 되었다. 시간이 흘렀다. 2022년 11월 무료 특강 안내를 봤다. 다시 신청하고 들었다. 강의 들어가기 전까지 많이 긴장했다. 이미 수업을 듣다가 안 들은 상태여서 강사님께 면목이 없었다. 용기가 필요했다.

강의 한마디 한마디 놓칠 게 없었다. 강사님이 한가지 설명을 하고 말이 잠깐씩 멈췄다. 그때마다 메모하다가 화면이 정지된 것인가 하고 힐끗 화면을 봤지만, 정지된 화면은 아니었다. 온 힘을 다해서 강의하고 잠깐씩 호흡을 가다듬는 것이었다. 화면을 통해 강사님의 열정이 고스란히 전해졌다. 특강에 푹 빠져들었다. 다시 결정을 내려야 했다. 글쓰기 수업을 들을 것인지 말 것인지. 특강이 끝난 밤늦은 시간, 책장 속에 꽂혀 있던 『내가 글을 쓰는 이유』를 다시 꺼내 들었다. 밑줄 긋고 메모하고 접은 흔적이 많았다. 책을 읽기 시작했다.

다음 날 아침 수강 신청서를 작성하고 제출했다. 다시 글쓰기에 도전했다. 그래서 지금 이렇게 글을 쓰고 있다. 뭐하나 확실하게 하는 것이 없었다. 뭔가를 선택한 후 늘 최선을 다하지 않았다. 당연히 좋은 결과가 따르지 못했다. 마음만 앞서서 뭔가 끌리는 것이 있으면 일단 저질렀다. 그리고 책임지지 않았다. 그런 나의 태도가 이제까지의 내 모습이었다.

'제대로 하지 않으면 인생 흐물흐물해집니다.' 수업 중 강사님한테서 들은 말이다. '흐물흐물'이라는 말이 피부 깊숙이 들어왔다. 이제까지 내 모습이었다. 달라져야 했다. 언제까지 이렇게 흐물흐물하게 살 수는 없었다. 그동안 왜 그렇게 성과가 없고 만족스럽게 살아오지 못했는지 이제는 알 것 같다.

나의 태도가 문제였다. 선택한 일에 최선을 다하지 않았다. 조금만 힘든 일이 생겨도 주저앉았다. 그러고 나서 시간이 지나면 나는 왜 이 모양일까 늘, 한탄했다. 남편 탓도, 아이들 탓도 그 어떤 상황 탓도 아니었다. 모든 원인은 나에게 있었다.

하다 말다 반복되면 결국 아무것도 이룰 수 없다는 것을 분명하게 알았다. 끝까지 파고들어야 한다. 어떤 일을 시작했다면 계속하고 끝까지 해내야 한다. 늘 중도 포기했다. 어려운 일이 조금이라도 생기면 그만두었다. 어떻게든 원하는 바가 있다면 끝까지 밀고 나가야 한다.

시작한 일을 지속하는 방법은 매일 노력하는 것이다. 자신이 목표한 바를 잊지 않고 매일 노력해야 한다. 매일 노력하지 않으면서 좋은 성과를 바랐다. 노력 없이 성과를 얻으려 했다. 지난 시간의 실패를 통해 알게 됐다. 하다 말다 반복하지 말고, 꾸준히 밀고 나갈 때만이 원하는 것을 얻을 수 있다. 뭔가를 시작했다면 절대 멈추지 말자.

3. 글쓰기, 한다고 했지만

새벽 4시 알람이 울렸다. 66일 새벽 기상 챌린지를 시작했다. 4시 전후로 기상 인증 사진을 타임스탬프로 찍고 카페에 올려야 한다. 자리에서 일어나 작은 방으로 건너와 불을 켜고 책상 앞에 앉았다. 일단 사진부터 찍었다. 카페에 인증을 한 후 노트북을 열었다.

5시 기상을 한 지 4년 정도 됐다. 무리 없이 하고 있었다. 아침에 일어나서는 운동을 했었다. 운동을 하는 것도 좋았지만, 조금 더 그 시간을 의미 있게 쓰고 싶다는 생각이 들었다. 새벽 4시부터 6시까지 오직 일기 쓰기와 퇴고만을 할 생각이다. 퇴고가 미뤄지고 있다.

새벽에 깨긴 했지만, 독서도 해야 하고 글쓰기도 해야 한다는 생각에 마음이 급했다. 책을 읽다 보면 글쓰기 시간을 놓쳐 버렸다. 몇 번 글을 쓴다고 쓰다 보면 마음에 들지 않는다. 썼다 지우고를 반복하다 보면 금세 시간이 흘

렀다. 결국 아무런 성과 없이 새벽 시간을 다 보내 버리는
일이 허다했다.

　글쓰기 공부를 하기로 마음먹은 지 오래되었다. 막연히
글을 써야만 내 삶이 나아질 수 있겠다는 생각이 들었다.
그해 여름, 책 쓰기 수업에 등록했다. 서울까지 가야만 수
업을 들을 수 있었다. 깊이 고민하지 않고 등록했다. 막연
히 어떻게든 되겠지 생각했다.
　막상 수업 시간이 다가오자, 걱정이 앞섰다. 서울까지
어떻게 갈지, 종일 집을 비우고 나가 있어야 하는데 남편
이 뭐라고 하지 않을지. 아이들끼리 잘 있을지, 내가 과연
잘할 수 있을지, 등 고민이 끊이질 않았다.
　며칠 뒤, 강사님께 문자를 보냈다. '죄송합니다. 사정이
생겨서 수업을 들을 수가 없습니다.' 수업료를 돌려받았
다. 다행으로 생각했다. 서울에 가지 않아도 되고 부담스
러운 글쓰기 안 해도 된다고 안도했다.

　글쓰기 수업을 들은 작가들의 출간 소식이 보였다. 책

출간에 대한 욕심은 없었다. 글을 못 쓰는 내가 어떻게 감히 책을 낼 수 있을까 생각했다. 책을 내는 사람들이 부럽다는 생각도 그다지 들지 않았다.

시간이 지나 다시 글쓰기 수업을 들었다. 2020년 9월이었다. 한 달 수업을 듣고는 바로 책을 써야겠다는 생각에 과제를 제출해서 목차까지 받았다. 글을 쓰려고 했지만, 한 줄도 쓰지 못했다. 평소에 글 쓰는 연습을 거의 하지 않았다. 수업을 듣고 연습 없이 당장 책을 쓰려고 한 게 문제였다. 성급했다. 수업만 들으며 석 달 정도가 흘러갔다. 또 포기했다.

다시 글쓰기 수업에 등록했다. 세 번째다. 더 이상 글쓰기를 미룰 수가 없었다. 두 번의 실패가 있으니, 이번에는 잘해야 했다. 어떻게든 끝장을 내야만 했다. 누가 나에게 글을 쓰라고 강요한 것은 아니다. 단지, 생각했던 일을 못 해내었기에 마음속에 앙금처럼 계속 그 일이 남았다. 무엇을 해도 마음이 편치 않았다.

아직도 두려움이 많다. 초고를 거의 두 달 만에 빨리 마무리했다. 그런데 퇴고에서 또 마음이 약해지고 있다. 글을 너무 못 쓴다는 생각이 들면서 하루하루 미루다 보니 진도가 안 나간다. 이번에는 퇴고에서 중단하지 않을까 하는 걱정이 생겼다.

글을 쓰기에 앞서 독서가 먼저였다. 중요한 건 독서였다. 입력이 없으니, 출력이 어려운 건 당연했다. 요즘은 독서 모임에 참여하고 있다. 한 달에 두 번 지정 도서를 읽는다. 독서 노트를 쓰고, 서로 소감을 나누고 블로그 서평까지 발행하는 모임이다. 처음 참여할 때만 해도 휘몰아치는 진행 속도에 정신을 차릴 수가 없었다. 한 번 참여해 보고 이걸 과연 계속할 수 있을까 싶었다.

하지만, 한 번 두 번 참여 하다 보니 점점 익숙해졌다. 처음에는 독서 모임 시간이 다가오면 바짝 긴장하고 책도 미리 읽어 두고 독서 노트도 먼저 썼다. 시간이 두세 시간 걸렸다. 블로그 발행까지 미리 했다. 이것 또한 독서 노트를 그대로 옮긴다고 해도 시간이 한참 걸렸다.

독서 모임에 참여한 지 일 년 정도 시간이 흘렀다. 이제는 책을 읽고, 독서 노트를 작성하고 블로그 발행하는 일이 그다지 어렵게 느껴지지 않는다. 지정 시간 안에 해낸다. 책을 다 못 읽는 날도 있다. 처음에는 내가 지정 도서를 완독하지 못했다는 사실에 스스로 많이 자책했다. 하지만, 이제는 자책하지 않는다. 사정이 있어 책을 덜 읽을 수도 있고, 덜 읽었으면 덜 읽은 대로 참여한다. 반만 읽어도 독서 노트 쓸 수 있고 블로그 서평도 쓸 수 있다. 여유를 가진다.

어쩌면 그동안 글쓰기에 너무 강박을 가지고 있었는지 모른다. 많이 읽다가 보면 저절로 하고 싶은 말이 생기고 자연스럽게 글을 쓰게 될지도 모른다.

세상에 반드시 꼭 해야만 하는 일은 없다. 할 수 있는 선에서 하고, 못하면 그만이다. 글을 쓰지 않아서 후회되고 아쉬움이 남는다는 이야기를 계속해서 반복하고 있다. 마치 고장 난 카세트테이프처럼 되풀이하고 있다. 이제 더이상 글쓰기 이야기는 그만하고 싶다. 과거에 하지 못한 일을 지금 와서 어찌할 수는 없다. 머릿속에 계속 남아 되풀이하는 것을 보면 참 어지간히도 마음에 남아 있는 듯하다. 이제는 그만 언급해야겠다.

오늘 아침도 한편의 글을 썼다. 어떻게 될지는 모르겠다. 내가 할 수 있는 최선을 다할 뿐이다. 글을 쓴다는 건, 특히 책을 쓴다는 건 긴 레이스다. 천천히 호흡을 가다듬고 가자. 묵묵히 하다 보면 언젠가 끝이 있겠지. 오늘도 아침 일찍 일어나 한 편의 글을 쓴다.

아파트 앞 산책로

세상에 반드시 꼭 해야만 하는 일은 없다.
할 수 있는 선에서 하고, 못하면 그만이다.

4. 서예를 다시 배우다

"이제 어디로 가세요?"

"서예 학원에 가는데 같이 가 볼래요?"

몇 년 전 에어로빅을 배운 적이 있다. 회원들과 단체 회식이 있던 날이다. 식사가 끝나고 카페에서 차까지 마신 후 다들 일어서려던 참이었다. 옆자리에 앉아 있던 강사님께 어디를 가냐고 물었다. '서예'라는 말이 눈이 번쩍 뜨였다. 서예는, 나이 들면 꼭 배워야겠다고 생각하고 있었다. 어느 날 갑자기 다시 배울 기회가 찾아왔다.

대학교 1학년 여름 방학 때다. 한문학과에 입학한 나는 당연히 서예를 배워야 한다고 생각하며 학원에 다니기 시작했다. 학원을 등록한 첫날, 머리가 희끗희끗하고 풍채가 좋으신 선생님이 아직도 선명히 기억에 남아 있다. 붓으로

선 긋기부터 가르쳐 주셨다. 한글을 먼저 배웠다.

더운 여름 붓글씨를 쓰고 있으면 원장 선생님께서는 아이스크림을 한 봉지씩 사 오곤 했다. 수강생들에게 나누어 주면서 쉬엄쉬엄하라고 하셨다. 인상 좋은 그 얼굴이 오랜 세월이 지난 지금도 기억난다.

서예를 배우며 가장 기억에 남는 날이 있다. 한글 '이응'을 배울 때다. 선생님은 단번에 바르게 동그라미를 그리는데 나는 아무리 해도 잘 안 되었다. 어느 날 삐뚤삐뚤하던 동그라미가 몇 시간 동안 연습에 연습을 거듭하자 드디어 동그랗게 그려졌다. 해가 뉘엿뉘엿 넘어갈 무렵이었다. 신문지에 수도 없이 동그라미를 그렸다. 반듯하고 매끈한 동그라미를 만나는 순간의 기쁨을 아직도 잊을 수 없다. 무엇이든 오래 연습하고 집중하면 되는구나 싶었다.

방학 때마다 그 학원에 다녔다. 학교 수업에서 서도 실습 과목은 성적이 잘 나왔다. 한번은 과에서 서예 전시회를 한다고 작품을 내라고 한 적이 있다. 실력이 많이 부족했지만, 작품을 제출해서 전시회에 내 작품이 걸리기도 했다. 학년이 올라가면서 서예 학원은 그만두었다. 마음속에 붓글씨를 쓰며 좋았던 기억이 오래 남아 있었다. 언젠가 나중에 나이가 들어 여유 시간이 있게 되면 꼭 다시 서예를 배워야겠다고 마음먹었다.

에어로빅 강사님을 따라서 서예 학원에 들어섰다. 사방 벽에 한글과 한문 작품들이 빼곡했다. 교실에는 몇몇 어르신들과 아이들이 붓글씨 연습을 하고 있었다. 에어로빅 강사님이 나를 소개해 줬다. 원장 선생님과 인사를 나누었다. 동그란 안경을 낀 뽀얀 얼굴, 마르고 작은 체구의 젊은 남자 선생님이었다. 그는 친절하게 수강에 필요한 몇 가지 사항을 전달한 후 교실을 둘러보자며 다른 방으로 나를 안내했다. 한쪽 교실에는 어르신들이 글을 쓰고 있었고, 다른 교실에서는 초등학생들이 글씨를 연습하고 있었다. 그날 바로 등록했다. 나중에 나이 들면 반드시 서예를 다시 해야지 했던 생각이 어느 날 갑자기 실현되었다. 기쁘기도 했지만 한편, 내가 나이가 들긴 들었다는 생각도 동시에 들었다.

매일 학원에 갔다. 학원에 도착하면 우선 먹을 갈았다. 옛날과 달리 요즘은 다 갈아져 나온 먹물을 바로 부어서 글씨를 쓰기도 하는데 나는 먹을 가는 시간이 좋았다. 연적에 물을 조금 붓고 천천히 먹을 갈고 있으면 마음이 편안해졌다. 글을 쓰기 위한 준비 시간이었다.

붓에 먹물을 묻혀 한 글자 한 글자 써 간다. 이십 대 때 배울 때에는 신문지에 연습하다가 작품을 만들 때만 화선지를 썼었다. 세월이 흐른 지금은, 다들 화선지에 연습하고 있었다. 격세지감을 느꼈다. 한동안 서예를 잊고 살았다. 아직도 서예 학원이 존재하고 어린 학생들도 배우고 있다는 사실도 의외였다.

줄 긋기 기초 연습부터 다시 했다. 꾸준히 학원에 나갔다. 이번에는 한문부터 배웠다. 책 한 권을 정해서 선생님이 체본을 써 주시면 그것을 따라서 연습했다. 체본을 써 주실 때 보면 어떻게 그렇게 잘 쓰시는지 붓으로 쓱쓱 긋기만 하면 멋진 글씨가 완성되었다. 그대로 따라 하고 싶어서 선생님이 글 쓰실 때 동영상을 찍기도 했다. 붓놀림을 자세히 보기 위해서였다. 동영상을 보며 따라 할 정도로 서예에 흠뻑 빠졌었다. 서예를 배운 지 일 년쯤 되는 날이었다.

"서예 대회가 있는데, 참가해 보실래요?"
"제가 작품을 낼 실력이 될까요?"
"충분합니다."

원장 선생님이 서예 대회에 나가 보라고 권했다. 내가 과연 실력이 될까 의심스러웠지만, 한 번 해 보기로 했다. 연습에 연습을 거듭했다. 잘될 때도 있었고, 생각만큼 잘 안 써질 때도 있었다. 주말에 시간이 넉넉한 날에는 서너 시간을 한자리에 앉아서 글씨 연습을 했다. 자리에서 일어날 때는 어깨가 뻐근하고 팔이 저렸다. 작품을 출품하기 위해서는 호가 필요했다. 원장 선생님께서 여천(與川)이라는 호를 지어 주셨다. 낙관도 직접 새겨 주셨다. 작품을 출품했고 장려상을 받았다. 새로운 경험이었다. 그때 쓴 작품이 아직도 벽장 한쪽에 보관되어 있다.

서예에 흥미가 떨어진 건 서체가 예서체로 넘어가면서였다. 해서체는 우리가 아는 일반 한자의 서체이다. 해서체를 배울 때는 내용도 글자도 어느 정도 알고 글을 쓰니까 재미있었다. 하지만 예서체로 넘어가면서 글자가 어려워지기 시작했다. 해서보다 더 간략하게 쓰는데 도대체 무슨 글자인지 도통 알 수가 없었다. 의미를 알기 위해서는 일일이 사전을 찾아 가며 또는 물어 가며 공부해야 하는데, 그럴 만한 여유가 없었다. 글자의 의미를 모르면서 무작정 똑같이 따라 쓰기만 하는 일이 슬슬 지겨워지기 시작했다.

그즈음 오전 근무를 해야 하는 일이 생겼다. 방과 후 코디 일은 오전에, 오후에는 강사 일을 해야 했다. 오전 시간이 사라져 버리자 더 이상 학원에 다닐 시간이 나지 않았다. 처음에는 주말을 이용해서 계속 학원에 다니려 했었다. 하지만, 주말도 아이들과 해야 할 일도 있었고 집안 행사도 있었기에 꾸준히 다니기는 쉽지 않았다. 결국 오랜 시간 쉬었다가 다시 시작하게 되었던 서예를 그만뒀다. 잠시나마 다시 해 보았던 것에 대해 만족한다. '나이 들어서

해야지' 이런 생각은 이제 더 이상 하지 않는다. 좋은 경험
이었다.

머릿속으로 생각만 하던 일이 우연한 기회에 찾아오기
도 한다. 뒤돌아보니, 참으로 감사하다. 배우는 기쁨을 누
릴 수 있었다. 나이 들어서 한번 다시 해 봤기에 이제 서예
에 대한 아쉬움도 후회도 없다.

최근에는 캘리그래피가 눈에 들어온다. 지인 중에 캘리
그래피를 하는 분이 있다. 멋진 문구와 아름다운 글씨체를
보면 마음이 차분해진다. 언젠가 캘리그래피를 배워 보고
싶다는 욕심이 또 생긴다.

5. 내키지 않아도 한번 해 보자

가까운 곳에 사는 시댁 형님네 집에 초대받아, 식사하던 중이었다.

"동서 같이 골프 배우지 않을래?"

"예? 골프요?"

"그래요. 제수씨도 골프 같이 배워요, 우리 이번에 연습장에 등록할 건데 같이 해요."

아주버님이 거들었다.

"그래, 이 기회에 당신도 배워 봐."

남편까지 옆에서 한술 떴다.

아주버님은 친구들이 나이가 들자, 어딜 가나 골프 얘기를 많이 한다고 했다. 골프를 배워야 친구들과 어울릴 수 있고, 부부, 가족과도 함께 할 수도 있다며 같이 배우자고 했다. 형님과는 벌써 같이 배우기로 이야기가 된 모양이었다.

해 보겠다고 대답하고 말았다. 남편은 이미 일 년 정도 미리 골프를 배우고 있었다. 남편이 한창 골프에 빠져 있을 때라, 골프에 대해 부정적인 생각을 많이 가지고 있었다. 한편, 골프가 도대체 뭐길래 남편이 그렇게 빠져 있는지 궁금하기도 했다.

남편은 젊었을 때부터 수영을 오래 해 왔다. 수영이 슬슬 지겨워진다고 했다. 뭐 다른 운동 없나 하며 새로운 운동을 찾던 중 집 근처에 골프 연습장이 들어선다는 소식이 들려왔다. 산을 깎아 공사를 해 오던 현장을 계속해서 봐 왔다. 이를 눈여겨보던 남편은, 연습장이 완공되자마자 연간 회원권을 끊어 다니기 시작했다.

남편이 골프를 치기 시작하면서 일상에 변화가 생겼다. 남편은 틈만 나면 연습장으로 달려갔다. 귀가 시간이 늦어졌다. 쉬는 날 친구들과 라운딩이 잡히면 아침 일찍 나갔다가 밤늦게서야 들어왔다. 연습장 이용료에 레슨비 그리고 골프채와 골프복까지. 들어가는 돈이 만만치 않았다. 남편은 개의치 않고 자신이 좋아하는 일을 했다. 그런 남편이 못마땅했다.

"자, 채는 이렇게 잡고 왔다 갔다 해 보세요."

연습 첫날, 일명 '똑딱이'를 배웠다. 제자리에서 채를 들고 앞으로 뒤로 흔드는 동작을 한 시간여 했다. 허리도 아프고, 다리도 아팠다. 내가 도대체 뭐 하는 건가 싶었다. 배우기로 했기에 어쨌거나 연습은 빠지지 않고 갔다.

"딱!"
드라이브 채로 친 공이 쭉 뻗어 가더니 연습장 저 끝 그물망에 맞고 떨어졌다. 통쾌했다. 지겹던 똑딱이 연습이 끝나고 한 단계씩 골프를 배워갔다. 서서히 골프에 재미가 붙기 시작했다. 배우기 시작한 지 석 달쯤 지나서 우리 부부는 형님네 부부와 첫 라운딩을 갔다. 골프 규칙을 잘 몰라 남편만 따라다녔다. 정신없이 시키는 대로 하다가 보니 어느새 게임이 끝나 있었다. 그 이후 남편 회사 직원 부부, 또는 형님네와 어쩌다 한 번씩 날을 잡아, 라운딩을 갔다. 어떤 날은 연습장 회원들과 팀을 만들어 같이 가기도 했다. 처음에 그렇게 지겹고 재미없던 골프가 규칙을 알고 적응이 되자 어느 순간 조금씩 재미있어지기 시작했다.

골프는 남녀노소 상관없이 즐길 수 있는 운동이다. 연습장에는 주로 시간적 여유가 많은 퇴직한 분들이 많았지만 내 또래 사람들도 꽤 있었다. 연령대가 다양한 사람들과 가까운 인근부터 먼 곳까지 여러 곳을 다녔다. 골프는 어른들의 '소풍'이었다. 마음 맞는 사람들과 멀리 차를 타고 야외에 가서 공을 치고 맛있는 음식을 먹고 돌아왔다. 내가 직접 골프를 치면서 편견이 조금씩 깨졌다. 골프에 대한 부정적인 생각이 점차 사라졌다. 남편의 행동도 마음도 조끔씩 이해되었다.

이런저런 경우를 겪으며 나의 골프는 막을 내릴 계기가 찾아왔다. 학교에 오전 오후 종일 근무하게 되면서 더 이상 연습을 하러 갈 시간이 없었다. 코로나가 찾아와 사람들과 잘 만날 수 없기도 했다. 이참에 잘 됐다는 마음도 생겼다.

골프가 재미있기는 했지만, 한편, 이렇게 시간과 돈을 써도 되나? 하는 생각이 들기 시작했다. 밖으로 많이 다니다 보니 아무래도 집안 살림에 소홀했다. 한창 중·고등학교에 다니던 아이들을 제대로 못 챙겨주는 미안한 생각도 마음 한구석에 있었다. 시간과 돈이 많이 드는 것도 사실이었다. 무엇보다 시간이 아까웠다. 뒤늦게 책을 읽고 글을 쓰기 시작하면서 시간이 턱없이 부족했다. 거의 3년간 치던 골프를 완전히 접었다.

남편이 사줬던 골프채와 가방이 아직도 있다. 가끔 그 가방을 볼 때면, 한때 즐겁게 골프를 치던 추억도 떠오른다. 남편은 여전히 골프를 친다. 예전만큼은 아니지만 지금도 골프를 즐긴다. 사람 좋아하고 술 좋아하는 남편에게 알맞은 취미인 것 같기도 같다.

남편이 골프를 쳐도 이제는 별로 화가 나지도 않는다.

열심히 일하고 여가 시간을 이용해 취미 생활을 하는 남편에게 딱히 뭐라 할 말도 없다. 오히려 기운 잃고 쳐져 있기보다 가끔 친구들과 라운딩을 다녀오며 즐거워하는 모습을 보면 자신이 좋아하는 취미 활동을 하며 '참 잘살고 있구나.' 하는 생각마저 든다.

요즘은 주변에 보면 골프를 배우고 싶다는 사람도 있고 배우기 시작했다는 사람도 많다. 다시 골프를 칠 날이 올지는 모르겠다. 예전에 배워 뒀으니 언제든 기회가 오면 다시 칠 수 있을 것이다. 골프를 접할 수 있어서 감사하다. 남편이 시작하지 않았더라면 내가 골프를 친다는 생각은 전혀 하지 못했을 거다. 시간이 흐르고 나니, 나에게 다양한 경험을 하게 해 준 남편에게 오히려 고마운 마음조차 든다. 남편이 아니었다면, 골프는 시간과 돈이 많은 일부 사람만이 즐기는 고급 스포츠라는 편견도 아마 깨지 못했을 거다. 사람은 자기가 경험해 보지 못한 일에 대해서는 편견을 가지기 쉽다. 자신만의 잣대로 누군가를 못마땅해하거나 평가하는 일은 없어야겠다.

6. 걷기를 배웠다

2016년 4월 어느 날이었다.

"선생님 걷기 교육이 있는데 같이 배워 볼래요?"
"예? 걷기 교육요?"

의아했다. 걷기는 누구나 할 수 있는 것 아닌가. 가깝게 지내던 선생님이, 보건소에서 주관하는 걷기 교육이 있다는 정보를 알려 줬다. 걷기를 뭘 배우기까지나 하는 마음이 들었지만 일단 신청했다.

교육 첫날, 토요일 오전 9시까지 시민 운동장 내 실내 강의실로 갔다. 약 오십 명 정도 사람이 모였다. 대부분 오륙십 대로 보였다. 사십 대 중반이던 나는 젊은 축에 들었다. 오전 세 시간 동안은 걷기 이론 강의를 들었다. 강의

내용이 들어 볼수록 흥미로웠다. 걷기의 중요성, 바른 걷기 방법 등 모르고 있던 많은 것을 배웠다. 세 시간이 훌쩍 지나갔다. 오전 강의를 마치자, 점심으로 김밥 도시락이 제공되었다. 우리는 도시락을 들고 밖으로 나갔다. 자리를 잡고 김밥을 펼쳐 놓으니, 마치 소풍이라도 온 듯한 기분이 들었다. 식사를 마치고 잠시 쉬었다가 다시 강의실로 들어갔다.

오후 수업은 강당으로 이동해서 진행되었다. 이번에는 걷기 실기 교육을 받았다. 다리 스트레칭, 바르게 걷는 방법, 걷기 자세 진단 및 교정, 다리 근력 키우는 운동 방법 등을 배웠다.

강사가 시키는 대로 따라 하다 보니 몸에서 땀이 촉촉이 났다. 교육은 저녁 5시 무렵이 되어서야 끝났다. 토, 일이틀에 걸쳐 하루 8시간씩 교육받았다. 시간 가는 줄 몰랐다. 걷기의 중요성을 절감하고 바른 걷기 자세와 방법을 배운 의미 있는 시간이었다. 과정을 끝내고 '걷기 지도자 2급' 자격증이 나왔다.

교육이 끝나면서 수강생들과 동호회 모임이 꾸려졌다. 배운 내용을 바탕으로 꾸준히 걷기를 생활화하기로 했다. 시에서 주최하는 행사가 있으면 봉사단으로 활동하기도 할 계획이었다. 회장과 총무가 뽑혔고 밴드도 만들어졌다. 매주 수요일 저녁 7시 30분 서천 강변에서 모여 약 7킬로미터 정도 코스를 함께 걷기로 약속했다. 평소 걸을 일이 잘 없던 나는 일주일에 한 번이라도 이 모임을 통해 제대로 걸어야겠다고 생각했다. 한 시간 반 정도 함께 걸으며 회원들과도 점점 친해졌다.

"저는 안 하면 안 될까요?"

걷기 모임 시작 후 몇 달이 흐른 뒤 어느 날 회장님께서 걷기 체조 시범단을 해 보라고 권유했다. 보건소 주최로 얼마 뒤면 '시민건강 한마당'이라는 행사가 열리고 우리 모임에서 몇 명을 뽑아 걷기 체조와 걷기 시범을 보여야 한다고 했다. 난감했다. 시민들 앞에서 무대에 서다니. 사람들 앞에서 나서는 일을 별로 좋아하지 않았다.

"사람이 없으니까 제발 부탁이에요. 좀 해 줘요."

계속되는 회장님의 부탁에 거절할 수가 없어 수락했다.

시범단은 나를 포함해서 내 또래 7명이었다. 다들 직장을 다니는 바쁜 사람들이었다. 평일 저녁과 주말 낮에 모여서 체조 연습을 했다. 그나마 나는 에어로빅을 배워 본 경험이 있었기에 음악에 맞춰 하는 체조가 그렇게 힘들지는 않았다. 하지만 동작을 실수 없이 잘 해내기 위해선 집에서 혼자 연습하는 시간도 가져야 했다. 하루 10분이라도 시간을 내어 음악에 맞춰 연습을 거듭했다.

무대에 올라가야 하는 날짜가 다가왔다. 우리는 단체 체육복에 모자, 운동화까지 같이 맞췄다. 제법 근사했다. 반복된 연습으로 동작도 어느 정도 척척 맞았다. 동영상을 찍어 몇 번이나 돌려 보면서 연습하기도 했다. 그렇게 약 3주 정도 연습 후 드디어 시민 건강 대회 하루 전날이 되었다. 사전 연습으로 서천 강변에 설치된 무대에 미리 가 보았다.

"언니가 여기 서는 게 좋겠어요."

　리더인 J가 내 자리를 정해 줬다. 무대 제일 앞줄 가운데였다. 키가 작아 그곳에 서면 배열이 맞을 것 같다고 했다. 많은 사람 앞에서 체조하는 것도 떨리는데 제일 앞자리라니. 뒷줄에 서고 싶었지만 어쩔 수 없었다. 무대에서 연습을 한 번 하고 각자 위치를 익힌 후 집으로 돌아왔다.

　드디어 행사 첫날이 되었다. 삼 일간 행사가 진행되었다. 강변에 일렬로 부스가 설치되고 많은 사람이 모여들었다. 식순에 의해 앞에 여러 팀의 공연이 먼저 있고, 드디어 우리 차례가 되었다. 무대 뒤편에서 대기할 때부터 떨렸다. 무대에 올라갔다. 가슴이 콩닥거렸다. 시선을 어디에 둬야 할지 몰랐다. 음악이 나오자, 연습한 대로 체조를 하고 걷기 시범도 보였다. 떨리는 마음으로 첫 무대에 섰고 실수 없이 공연하고 내려왔다. 그렇게 많은 사람 앞에서 공연을 해 본 것은 처음이다. 그 이후로 우리 걷기 체조 단은 소백 힐링 걷기, 풍기인삼축제, 각 동에서 주최하는 걷기 행사에 재능 기부 형식으로 자주 참여했다. 행사에 참여하는 빈도가 높아질수록 무대에서 떨리는 일은 점점 사라졌다. 나중에는 보건소 주최로 초등학생 대상으로 걷기를 지도하는 '스쿨 워킹 사업'에 강사로 참여하기도 했다.

얼마 전 걷기 모임 7주년 기념행사가 열렸다. 코로나 때 잠시 주춤하기는 했지만 걷기 모임은 계속 유지돼 오고 있다. 아직도 일주일에 한 번 수요일 저녁이면 강변에서 만나 정해진 코스를 걷는다. 앞에서 모임을 이끌어 준 회장님과 열심히 따라가 준 회원들이 있었기에 가능한 일이다. 나는 요즘은 시간이 안 나서 잘 참여하지는 못한다. 그래도 가끔 걷기 행사가 있을 때면, 회장님이 행사 참여를 요청하고 시간이 되면 기꺼이 가서 협조한다. 걷기를 통해 무대에 서는 경험을 가질 수 있었고, 꾸준함도 배웠다. 더불어 좋은 인연을 맺고 건강도 챙길 수 있었다. 돌이켜 보면 작은 경험들이 쌓여 현재 내 모습이 이루어졌다. 걷기를 배워서 다행이다.

걷기 좋은 길 영주 서천

돌이켜 보면 작은 경험들이 쌓여
현재 내 모습이 이루어졌다.

7. 포기만 하지 않으면 된다

영주 여성 합창단 정기 연주회가 시작되었다. 평생 입어
볼 기회가 없었던 목이 깊이 파인 빨간 드레스를 입고 올
림머리를 하고 진한 화장을 했다. 처음으로 연주회 무대에
섰다. 지휘자님의 지휘에 맞춰 노래를 불렀다. 한 곡 한 곡
끝날 때마다 관객의 박수를 받았다.

마지막 곡이 끝나자, 관객들이 하나둘 자리에서 일어나
꽃다발을 들고 무대 쪽으로 왔다.

"축하해요. 언니."

"자 사진 찍습니다. 언니, 이리 서 봐요."

지인 몇 명이 축하해 주러 왔다. 화사한 꽃다발을 건네받
았다. 남편도 손에 든 꽃다발을 멋쩍게 웃으며 내밀었다.
꽃을 한 아름 들고 사진을 찍었다. 공연이 끝난 무대 위, 회

원들과 축하해 주러 온 가족과 지인들로 북적였다. 여기저기서 사진을 찍느라 정신없었다. 2020년 2월 합창단 활동을 시작하자마자 코로나가 시작되었다. 연습을 멈췄다가 재개하기를 반복했다. 결국 끝까지 합창단 활동을 했고 공연을 무사히 마쳤다. 포기하지 않고 노력한 덕분이다.

"합창, 같이 할래요?"
"아 난 노래 잘 못 부르는데요."
"그냥 따라 하기만 하면 된대요. 나도 잘 못 부르지만, 옆집 엄마 보니까 합창단 활동 즐겁게 하는 것 같아서 나도 한번 해 보려고요. 같이 가요!"

아는 분이 합창을 해 보자고 했다. 노래에 별로 자신이 없었다. 어쩌다 노래방에 가서 내 차례가 다가오면 겁부터 났다. 노래방은 20대 때 친구들과 몇 번 가 본 게 전부다. 결혼을 한 이후로는 거의 가 보지 않았다. 호기심 반 걱정 반으로 따라갔다.

"자 신입 단원님들, 한 명씩 자기소개 해 주세요."

"안녕하세요. 잘 부탁드립니다."

어색하게 인사를 하고 제자리에 앉았다. 잠시 뒤 올해 합창단에서 사용하게 될 거라는 새 악보를 나눠줬다. 악보를 휘리릭 넘겨보는 순간 가슴이 답답해져 왔다. 학교 다닐 때 음악 시간에 음계를 익힌 게 다다. 악기를 배운 적도, 노래를 배운 적도 없다. 복잡한 악보가 내 눈에는 마치 무슨 암호처럼 보였다. 첫날이라 발성 연습을 조금 하고 노래는 부르지 않았다. 악보를 들고 집으로 돌아왔다. 돌아오는 발걸음이 무거웠다.

연습을 겨우 네 번 나가고 코로나가 발생했다. 지휘자님은 일주일에 한 번씩 합창단을 지도하러 대구에서 올라왔다. 당시 대구에서 코로나 환자가 무더기로 발생했고, 지휘자님이 더 이상 올 수 없게 되었다. 연습한 지 한 달 만에 합창은 중단되었다.

몇 달이 지나자, 합창 연습은 재개되었다. 하지만 장소가 문제였다. 원래 이용하던 시청은 코로나 감염 위험 때문에 이용할 수 없었다. 반주자님이 운영하는 피아노 학원에서, 또는 회원이 다니는 교회를 빌려 연습했다. 무엇보다 마스크를 끼고 합창 연습해야 하는, 어이없는 상황이 벌어졌다.

합창단에 입단한 지 얼마 되지 않아 무대에서 입을 옷을 맞추었다. 자부담 조금과 시 보조금을 합쳐 단원들은 옷을 지원받을 수 있었다. 빨간 드레스와 흰 드레스였다. 깊게 목이 파이고 반짝이는 스팽글이 박힌 화려한 무대 의상이었다. 드레스를 찾아오던 날 옷을 입어 보며 거울 앞에 섰다. 내가 아닌 다른 사람 같았다. 이제까지 입어 본 적이 없는 화려한 옷이었다.

옷을 옷걸이에 걸어 장롱 한쪽에 얌전히 걸어 두었다. 이 옷을 입고 멋지게 공연할 날이 올 거라고 믿었다. 하지만 코로나는 끝날 줄을 몰랐다. 드레스가 옷장에 걸려 있은 지 2년이 지났다. 가끔 옷장을 열어 드레스를 볼 때면 한숨만 났다. 코로나 때문이기도 하고, 자신감도 부족해서 연습을 가다 말다 했다. 한동안 결석을 했을 때다. '연습에

참여하지 않는 단원님들께서 합창 드레스 반납해 주세요.'
단장님으로부터 문자가 왔다. 합창단 활동을 계속할지 말
지 고민했다. 노래에 자신도 없고 바쁜 일도 계속 생길 때
였다. 딱히 계속할 이유를 찾지 못했다. 드레스를 돌려주
고 그만두기로 했다. 반납하러 갔다. 그 자리에서 H언니가
나를 붙들고 말했다.

"노래하면 얼마나 좋은데 왜 안 해?"
"저, 지금은 시간이 없어서 나중에 나이 좀 더 들면 할게
요."
"지금 하지 않으면 나중에도 못 해."
"취미 활동으로 노래만큼 좋은 것이 없지. 같이 노래 부
르자."

마음이 흔들렸다. 언니 말이 맞았다. H언니의 계속되는
설득에 가져갔던 드레스를 그대로 다시 집으로 들고 왔다.
다시 합창단 활동을 하기로 마음먹었다. 일단 연습 시간
부터 철저히 지켰다. 매주 화요일 저녁 7시가 되면 무조건

연습하러 나섰다. 연습하러 나가기 귀찮고 자신감이 없어지며 마음이 흔들릴 때는 합창은 '취미 활동이 아니라 봉사 활동'이라고 생각했다. 관점을 바꿨다. 나 좋자고 하는 일이 아니라 남을 위한 일이라고 생각을 바꿨다.

실제 봉사이기도 했다. 우리는 합창으로 각종 행사에서 자리를 빛냈다. 스스로 합창에 의미를 부여하며 마음을 고쳐먹자, 연습 시간이 그리 아깝다는 생각이 들지 않았다. 아무리 바빠도 당연히 해야 하는 일로 여겨졌다. 그렇게 관점을 바꾸고, 계속 참여할 수 있었다. 그리고 무대까지 설 수 있었다.

노래를 부르며 나 자신이 먼저 행복했고, 다른 사람들도 행복하게 해 줄 수 있었다. 합창은 내가 좀 못해도 되었다. 내가 잘 못하는 부분은 다른 사람들이 보완해 주었다. 나만 잘한다고 되는 것도 아니었다 단원 전체가 서로 부족한 부분을 채워 가며 전체적인 화음을 맞추는 것이 중요하다.

노래 부를수록 합창이 우리 살아가는 모습과 똑같았다는 생각이 들었다. 나 혼자 잘한다고 되는 것도 아니고 남들과 더불어 맞추어 갈 때 조화를 이뤘다.

"여러분 계속 연습하시면 목소리가 분명히 좋아집니다. 목소리 근육이 붙어 소리를 잘 낼 수 있습니다."

어느 날 지휘자님이 말씀하셨다. 근육이라면 운동을 통해 생기는 몸의 근육만 있는 것인 줄 알았는데 목소리도 근육이 있다고 했다. 어렵게만 생각되던 노래도 자꾸만 반복하니 근육이 생겼는지 얼추 따라갈 수 있었다. 합창을 통해, 못하는 것도 연습하면 잘할 수 있다는 사실을 알았다. 일단 시작하고 끊임없이 지속하면 반드시 좋은 결과가 온다는 사실도 깨달았다. 또 중요한 하나는 뭔가를 할 때 나만 좋으면 된다는 이기적인 생각에서 벗어나 타인을 위한다는 생각으로 해야 한다는 것이다. 이렇게 관점을 바꾸자, 비록 난관이 있었지만, 끝까지 할 수 있었고, 좋은 결과도 얻을 수 있었다. 무슨 일이든 쉽게 포기하지 말자는 교훈도 얻었다.

8. 세 줄 감사 일기 챌린지

2019년 12월 1일부터 온라인 자기 계발 카페에서 세 줄 감사 일기 챌린지를 시작했다. 미라클 모닝, 운동, 독서 등 여러 가지 챌린지가 있었다. 온라인으로 하는 챌린지는 처음이었다. 가장 만만하고 쉬워 보이는 것으로 골랐다. 세 줄 감사 일기 백 일 쓰기는 별로 어렵지 않을 것 같았다.

카페가입 시기는 2018년 말이었다. 거의 일 년 동안 카페에서 남의 글을 구경만 했지, 한 번도 내 글을 써 보지 않았다. 읽어 보고 마음에 드는 글에 '좋아요'를 누르거나 어쩌다 댓글 한 번 써 보는 것이 전부였다. 11월 중순쯤 카페에 챌린지 공지가 떴다. 들썩이는 분위기에 나도 따라 해 보고 싶었다.

'세 줄 감사 일기 쓰기 챌린지를 시작할 수 있어서 감사합니다.'

'2019년이 한 달이나 남아 있어서 감사합니다.'

'휴일 아침 일찍 일어나 고요한 시간을 가질 수 있어서 감사합니다.'

1일 차 딱 세 줄을 남겼다. 온라인으로 글을 남기는 걸 어려워하던 시기다. 비록 세 줄이었지만 무엇을 쓸지 고민 됐다. 그전에는 감사 일기를 써 본 적이 없었다. 혼자 보는 것도 아니고, 여러 사람이 보는 인터넷 공간이다. 너무 시시하지 않을까, 이런 내용을 써도 될까, 이런 마음이 들긴 했지만, 일단, 첫날 세 줄 올리기를 성공했다.

하루 이틀 쓰다 보니 자꾸만 쓸 거리가 생각났다. 있었 던 일을 쓰기도 하고, 지금 처한 환경, 주변 가족과 친구들 에 대한 감사의 마음을 쓰기도 했다.

'휴일 잘 쉬고 월요일을 맞이할 수 있어 감사합니다.'

'추운 아침 이른 새벽에도 아무 불평 없이 기분 좋게 출근하는 남편에게 감사합니다.'

'멋진 글꼴 스티커를 만든 분들에게 감사합니다.'

다음 날은 이렇게 썼다. 겨울이었다. 이른 새벽 출근하면서 불평 없는 남편에게 감사한 날이었다. 세 줄만 달랑 쓰려니까 뭔가 허전했다. 예쁜 스티커를 골라서 첨부하고 거기에 대해 간단히 설명도 붙였다. 매일 스티커 하나씩 고르는 재미도 있었다. 당시 한글 글꼴 스티커가 마음에 들어 하나씩 첨부했다.

다른 사람들과 댓글 소통도 시작했다. 내가 남의 글에 댓글을 달아 주고, 남이 내 글에 관심을 보이며 댓글을 달아 주기도 했다. 처음엔 조심스럽더니, 차츰 편안해졌다.

'일찍 일어나 감사합니다.'
'딸과 함께 대화하고 산책해서 감사합니다.'
'좋은 생각이 머릿속에 떠올라 감사합니다.'

보름쯤 지나자, 처음으로 직접 찍은 사진을 한 장 첨부했다. 딸과 함께 부석사에 다녀온 날이었다. 파란 하늘에 뜬 하얀 구름이 특이하고 예뻤다. 사진을 찍었다. 감사 일기를 쓰며 사진도 함께 올렸다. 점점 감사 일기 쓰는 시간이 좋아지고 사람들과 소통도 늘었다.

당시 처음으로 '타임스탬프' 앱을 알게 되었다. 내가 사진 찍는 사진에 날짜와 시간이 찍혀서 나온다는 사실이 신기했다. 가끔 일상 사진을 올리고 거기에 감사의 마음을 담아 적기도 했다.

두 달 가까이 하루도 빠짐없이 감사 일기를 썼다. 그러던 중 베트남 여행이 다가오고 있었다. 해외에 가서도 감사 일기를 써야 할까 말까, 지금은 당연히 해외에 가서도 쓸 수 있다고 생각하지만, 그때는 그 생각을 하지 못했다. 아쉽지만 5일 동안 일기를 못 썼다.

집에 돌아와서 생각해 보았다. 그래도 일기를 중단할 수는 없었다. 다시 감사 일기를 썼다. 여행으로 인해서 5일간 쓰지 못했다는 말을 덧붙였다. 다시 쓰기 시작했다.

계속 잘 써 가다가 중간에 이틀 정도는 무슨 이유였는지 고민을 하다가 못 썼다. 그리고 그 말도 적고 다시 쓰기 시작했다.

3월 15일 드디어 백 일이 되었다.

'꾸준히 감사 일기를 쓴 나에게 감사합니다.'

'감사 일기를 쓰며 감사한 마음을 가지게 되었고 더 긍정적으로 변해 감사합니다.'

'글 쓰는 것이 조금 수월해지고 온라인으로 사람들과 조금씩 소통하게 할 수 있어 감사합니다.'

이렇게 감사 일기 백 일 쓰기 챌린지를 무사히 마무리할 수 있었다. 쉬워 보이는 일로 시작하기. 나의 주특기인지도 모르겠다. 어렵고 거창한 것은 미리 겁먹고 잘 도전하지 못한다. 하지만, 내가 할 수 있는 한 가지를 시작해 보는 것은 얼마든지 할 수 있다. 하나를 해 보고, 그다음 단계로 나아가기. 어쩌면 살아가는 전략이 될 수도 있을 것 같다.

3년 전 썼던 세 줄 일기. 내가 온라인 세계에 발을 담그게 해 준 계기가 되었다. 가입한 온라인 카페는 여러 개였지만 늘 지켜보기만 하던 방관자였다. 세 줄 감사 일기 챌린지를 통해 온라인 카페에 나도 참여할 수 있었다. 수동적 자세에서 벗어나 능동적인 자세를 갖게 된 첫 시도였다.

코로나가 되면서 온라인이 활발해졌다고는 하지만, 아직도 내 주변에는 대체로 나이 때문인지 온라인 활동을 어려워하는 사람들이 많다. 자신이 필요로 하고 관심 가는 주제가 있다면 한번 용기 내어 참여해 보는 것도 좋을 것 같다. 한 가지를 성공해 보면 그다음 단계로 나아가는 것은 별로 어렵지 않다. 시작은 작게 해도 된다. 포기하지 않고 꾸준히만 한다면 어느 정도 자신이 원하는 결과는 얻을 수 있다. 작게 시작해 보자. 세 줄 감사 일기 쓰기. 이 정도는 누구나 할 수 있지 않을까.

9. 나에게 맞는 새벽 기상

세 줄 감사 일기 쓰기를 백 일 하고 나서 바로 이어서 새벽 기상 인증을 시작했다. 평소 6시 정도에 일어나던 기상 시간을 한 시간 앞당겨 보기로 했다. 5시에 알람을 맞췄다. 겨우 눈을 뜨고 일어나 알람을 껐다. 비몽사몽 일어나 핸드폰을 들고 거실로 나간다. 시계가 5시를 가리키고 있다. 거실에 걸린 벽시계 사진을 찍는다.

다시 침대로 갈까, 잠시 고민하다가 마음을 고쳐먹었다. 책상 앞에 앉아 책을 편다. 30분 정도 독서를 한 후 옷을 갈아입고 밖으로 나간다. 느릿느릿 걸어서 아파트 아래 강변까지 간다. 서늘한 공기에 정신이 깬다. 작은 개울을 건널 수 있는 다리까지 간다. 다리를 지나, 잠깐 쉬면서 하늘을 올려 본다. 찬 공기를 깊이 들여 마셔 본다. 정신이 맑아졌다. 주변을 살펴본다. 나무가 풀들이 새롭게 보인다. 천천히 갔던 길을 되짚어 집으로 돌아온다. 30분 정도가 지났다.

6시쯤이다. 벽시계 사진과 읽은 책 사진, 산책하면서 찍은 사진, 이렇게 세 장을 카페에 올린다. 미라클 모닝 오늘도 성공이다.

2020년 3월 16일부터 카페에 미라클 모닝을 인증했다. 처음에 일어날 때는 비몽사몽 했지만, 점점 적응되어 갔다. 일찍 일어나려면 일찍 자야 했다. 적어도 밤 11시에는 자야 5시에 일어날 수 있었다.

11시에 잠들 수 없는 날이 있었다. 남편의 퇴근이 늦은 날이다. 남편은 교대 근무한다. 오후에 출근해서 밤 11시쯤 되어야 집에 돌아오는 주간이 있다. 내 마음 같아서는 그냥 바로 잤으면 좋겠지만, 남편은 절대 바로 잠들지 않았다.

'오늘 안주는 뭡니까?' 저녁 8시쯤 되면 회사에 있는 남편으로부터 카톡이 온다.

남편은 회사에서 혼자 근무하는 시간이 대부분이다. 회

사에 있는 동안 사람들을 마주칠 일도 대화를 할 일도 별로 없다. 사정이 그렇다 보니, 집에 오면 말이 너무 하고 싶다고 한다. 집에 돌아오면 꼭 나와 대화를 하려고 한다.

'난 내일부터 5시에 일어나야 해서 일찍 자야 한다고요!' 내가 그러거나 말거나 남편은 얘기 좀 하자고 한다. 술과 안주를 앞에 두고 한 시간 이상 대화가 이어진다. 회사 이야기, 아이들 이야기 등등. 남편의 이야기를 들어줘야 한다. 종일 회사에서 일하고 지쳐서 집으로 돌아온 남편을 모른 체 할 수 없다.

늦은 밤 야식과 늦은 취침이 몸에 안 좋은 줄 알면서도 쉽게 고쳐지지 않는다. 어떤 날은 새벽 1시까지 대화가 이어질 때도 있다. 대화가 즐거운 날도 있었지만, 대부분 그저 빨리 자고 싶은 마음뿐이다. 늦게 잔 날은 피곤했지만 그래도 5시에 일어났다. 그럭저럭 5시 기상이 자리를 잡아 갔다.

5시 기상이 쉬워지자, 작년 초에는 느닷없이 새벽 4시 기상에 도전했다. 온라인 활동을 하다 보니 4시 대에 일어나는 사람들이 보이기 시작했다. 처음에는 사람들이 그렇게 일찍 일어난다는 사실에 놀랐다. 얼마 지나다 보니, 나도 할 수 있겠다는 생각이 들었다. 일찍 자는 것이 관건이었다. 하지만, 역시 남편의 퇴근이 늦은 날에는 어김없이 자정이 넘어야 잠을 잘 수 있었다.

처음부터 무리였다. 꾸역꾸역 4시 기상을 감행했다. 정신이 하나도 없었다. 오전에는 어떻게 지나가더라도 낮이 되면 꾸벅꾸벅 졸기 시작했다. 오후 3시에서 4시경이 되면 정신을 차릴 수 없을 정도로 잠이 쏟아졌다. 기운이 없고 몽롱해지니, 업무를 제대로 할 수 없었다.

쉬는 시간마다 책상에 엎드려 있었다. 그래도 몇 개월을 지속하다가 도저히 안 되어서 결국 원래대로 5시 기상으로 돌아왔다. 살 거 같았다.

시간이 지나 또다시 새벽 기상병이 도졌다. 챌린지를 또 시작했다. 세 가지 선택지가 있었다. 4시, 5시, 6시 가운데 4시 기상 반을 신청했다. 이번에는 66일이라는 기한이 있었다. 이때만이라도 제대로 해 보고 싶었다. 이 시간에 글을 쓰기로 마음먹었다.

인증은 완주했다. 하지만, 일찍 일어난 시간을 효율적으로 잘 보내지는 않았다. 인증 후 도저히 피곤해서 못 견딜 것 같은 날은 침대로 돌아갔다. 하지만, 잠이 다시 잠드는 건 어려웠다. 이도 저도 아니게 눈만 뜨고 있었다. 책상에 계속 엎드려 있었던 날도 있다. 또다시 일찍 잘 못 일어나는 건 늦게 자기 때문이고 늦게 자는 것은 남편 때문이라며 남편을 원망했다. 자꾸만 같은 일이 반복됐다.

챌린지가 끝난 후 곰곰이 생각해 보았다. 새벽 기상에 대한 욕심이 문제였다. 내가 실제로 효율적으로 아침 시간을 잘 보내기 위해서가 아니라 어쩌면 남들에게 그렇게 보이기 위해 한 선택은 아닌가도 싶다. 5시 기상만으로도 충분했다. 반드시 해야 할 일이 있다면 그 전 시간에도 일어날 수 있다. 아이들이 다 자란 지금 시간에 그렇게 쫓기는 것도 아니다. 시간을 내려면 얼마든지 낼 수도 있다. 물론 아무에게도 방해받지 않는 새벽 시간이 가장 효율적인 시간인 건 사실이다.

남에게 보이기 위해 새벽 기상에 집착한 건 아닌가 반성해 본다. '나는 일찍 일어나는 사람입니다.' 이렇게 자랑하고 싶었던 건지도 모르겠다. 일어나는 시간보다도 중요한건 일어나서 무엇을 하느냐다. 비실비실 졸며 시간을 낭비할 바에야 그냥 자는 것이 오히려 낫다. 남들이 한다고 해서 다 따라 해서는 안 된다. 나에게 맞는 새벽 기상이 필요하다.

일요일인 오늘은 새벽 6시쯤 눈을 떴다. 늦었다고 짜증내지 않는다. 운동을 다녀왔다. 아침에 밀린 집안일도 좀했다. 내가 정한 기준으로 나의 하루를 시작했다. 이걸로도 충분하다.

이른 아침 걸은 날

남들이 한다고 해서 다 따라 해서는 안 된다.
나에게 맞는 새벽 기상이 필요하다.

제 3 장

달리기를 시작하다

1. 하루 10분 달리기부터

2020년 6월 어느 날, 한 블로그에서 운동 모임 모집 글을 봤다. 하루 10분 이상 걷거나 달리면 된다고 했다. 코로나가 번지던 시기다. 집에서 머무는 시간이 많았다. 실내 집합 금지 시행으로 다니던 헬스장이 문을 닫았다. 집에서 오래 있으니, 뭔가 자꾸만 먹기 시작했다. 얼굴이 눈에 띄게 둥그스름해지고 입던 바지가 꽉 끼면서 잘 맞지 않았다.

'하루 10분'이라는 글이 먼저 눈에 들어왔다. 10분이면 쉽겠다고 생각했다. 내용을 꼼꼼히 읽었다. 각자 있는 곳에서 운동하고, 인증 사진을 찍어 단톡방에 올리면 되었다. 사회적 거리 두기가 강조되던 시기다. 온라인으로 이렇게도 운동을 할 수 있구나 싶었다. 신청서를 작성하고 냈다.

운동화는 신던 것 그대로 신기로 하고, 핸드폰을 넣고 나갈 가방을 하나 사기로 하고 검색했다. '러닝 벨트'라는 게 있다는 걸 처음으로 알았다. 한참 검색 후 적당해 보이는 것으로 구매하고 택배가 오기를 기다렸다.

　운동 시작일은 7월 1일. 택배가 보름 정도 있어야 도착한다고 문자가 왔다. 주문할 당시 꼼꼼히 읽어 보지 않고 주문했다. 하필이면 해외에서 오는 것을 주문했다. 어쩔 수 없이 딸이 쓰던 낡은 크로스백을 들고 나갔다. 인증을 하기 위해서는 핸드폰이 필요했다. 단톡방 공지 사항에는 런데이, 나이키, 가민 등 달리기 앱이 여러 가지 있다고 안내되어 있었다. 처음 들어 보는 용어도 있었다. 삼성헬스로 인증도 가능하다고 했다. 핸드폰에 기본으로 있는 앱이었다. 삼성헬스 앱을 이용해서 인증하기로 했다.

　그날은 하필 일이 있어 시골에 가는 날이었다. 남편과 함께 차를 타고 가다가 나는 목적지까지 덜 가서 내렸다. 시골길이었다. 휴대폰을 꺼내 삼성헬스 앱을 켰다. 달리기 시작했다. 얼마 뛰지도 않았는데 바로 난감해졌다. 사선으로 어깨에 둘러멘 크로스백이 덜렁거렸다.

　가방이 덜렁거릴 거라는 생각을 하지 못했다. 어쩔 수 없이 한 손으로 가방을 누르고 뛰었다. 몇 미터 뛰지도 않았는데 벌써 숨이 찼다. 얼마쯤 지났나 싶어 핸드폰을 꺼내 시간을 확인했다. 맙소사 시계는 3분 몇 초를 가리키고 있었다. 핸드폰을 얼른 백에 집어넣고 다시 뛰기 시작했다.

조금 가다 보니 또 숨이 차기 시작했다. 다시 핸드폰을 꺼내 들었다. 그때 시각은 5분 정도. 10분은 언제 되나 싶었다. 다시 달렸다. 크로스백은 여전히 덜렁거렸고 오른손으로 누르는 것이 불편해지자 왼손으로 누르고 뛰었다. 손을 바꾸기를 반복하면서 뛰다가 한 번 더 시계를 꺼내 봤다. 7분 몇 초…… 태어나 그렇게 긴 10분은 처음이었다.

7월은 한여름이었다. 아무리 이른 아침 시간이라 해도 조금만 뛰어도 땀이 줄줄 흘렀다. 계속 뛰다가는 곧 죽을 것만 같았다. 앱에서 멈춤을 누르고 시간을 확인했다. 9분 12초. 얼굴은 벌겋게 달아오르고 이마에서는 땀이 줄줄 흐르고 숨이 찼다.

정신을 가다듬고 운동 기록 사진을 캡처 후 단톡방에 올렸다. 단톡방에는 스무 명 남짓 사람들이 있었다. 기록이 벌써 몇 개 올라와 있었다. 걷기를 한 사람, 달리기를 한 사람 골고루 섞여 있었다. 거의 다 10분을 넘긴 기록을 올렸다. 10분을 못 채운 것이 미안하고, 아쉬웠다. 어쩔 수 없었다. 내 능력은 거기까지였다.

다음 날, 새벽 5시쯤 눈이 떠졌다. 빨리 운동하고 인증이 하고 싶었다. 집에서 출발해 강변까지 내려갔다. 쭉 곧은 길을 따라 달렸다. 이른 아침이었지만, 운동을 나온 사람들이 많았다. 달린다는 것은 아직 어색한 일이었다. 걷는 사람들 사이를 지나가는 게 왠지 불편했다. 그날은 10분을 겨우 넘겼다.

드디어 러닝 벨트가 왔다. 마치 시장 상인이 허리에 차고 돈을 넣고 빼는 전대와 비슷했다. 벨트에 핸드폰을 집어넣고 허리에 둘렀다. 양팔이 자유로워졌다. 뭔가 그럴싸했다. 마치 달리기 선수라도 된 기분이었다.

삼성헬스로 계속 인증하며 기록을 올리던 어느 날이었다. 다른 사람들이 올린 인증 사진을 보면, 멋진 풍경에 운동을 한 시간과 거리, 페이스가 나왔다. 나도 한번 해 보고 싶었다. 단톡방에 조심스럽게 질문을 올렸다.

'사진과 함께 기록을 올리는 건 어떻게 하나요?'
'예, 사진을 먼저 찍고, 여기 버튼을 누르고.'

화면을 캡처한 사진과 함께 친절한 답변이 돌아왔다. 다음 날, 회원이 알려 준 대로 풍경 사진을 먼저 찍고 '공유하기' 버튼을 찾아 눌렀더니, 멋진 사진과 함께 기록이 올라갔다.

주말 없이 계속 나갔다. 달리기 전까지는 거리에 대한 감각이 거의 없었다. 나가서 달리게 되자 차츰 거리 감각이 생겼다. 어디까지 달리면 1킬로미터 지점이 되는지, 숨이 어느 정도 차면 10분이 되는지도 알 수 있었다. 한여름이라 나무들이 하루가 다르게 싱그러워지고 있었다. 새벽 공기는 신선했고, 새소리가 귀에 들어왔다. 뛰다 보면 눈앞에 아름다운 풍경이 그림처럼 펼쳐졌다. 그 풍경을 놓칠세라 자꾸만 멈춰서서 사진을 찍었다.

첫날 10분을 채 못 넘겼던 달리기 시간이 차츰 11분, 12분으로 늘어났다. 거리도 조금씩 늘었다. 어느 날 2킬로미터를 연속해서 달릴 수 있게 되었다. 집으로 돌아오는 길, 콧노래가 저절로 나왔다.

차츰 달리기가 익숙해졌다. 힘껏 달리고 나면 온몸에서 땀이 줄줄 흘렀다. 땀을 흘리고 나면 개운하고 상쾌했다.

"아야, 아아악!"

전날 조금 많이 뛰고 일어난 다음 날 아침은 여지없이 다리가 아팠다. 종아리와 발목이 욱신거렸다. 무릎이 아픈 날도 있었다. 그래도 일어나지 않을 수 없었다. 통증이 심한 날은 천천히 걸었다. 천천히 걸으면 신기하게도 아프던 다리가 차츰 나아지기도 했다.

달리기를 주로 했지만, 걸은 날도 많다. 느릿느릿 걷다 보면 마음이 여유로워지면서 이런저런 생각이 밀려왔다. 고민하던 문제의 해결책이 떠오르기도 하고 크게 걱정하던 일이 별일 아니라는 생각도 들었다.

아침마다 운동하러 나가는 게 점점 좋아졌다. 어쩌다 비가 온 다음 날은 아침에 일어나면 얼른 베란다로 나가 땅바닥부터 살폈다. 혹시 땅이 젖어 걷거나 뛰지 못하게 되지나 않을까 걱정했다.

하루 10분 운동이 주는 힘은 컸다. 별거 아닌 것 같은, 10분도 매일 반복하니까 잘할 수 있었다. 앱을 통해 하루하루 기록을 쌓았다. 나의 기록이 눈에 보이자, 재미가 나기 시작했다. 하루 10분 달리기로 생활에 활력이 생겼다. 10분이 주는 강력한 효과를 알게 되자 그 짧은 시간이 무척 소중하게 느껴졌다. 요즘은 하기 싫은 일이 생기면 10분만 해 보자. 하고 마음먹는다. 가령 청소하기, 책상 정리하기 같은 일은 10분만 타이머 맞춰 놓고 하면 쉽게 할 수 있다.

하루 10분 달리기

하루 10분 운동이 주는 힘은 컸다.
별거 아닌 것 같은, 10분도
매일 반복하니까 잘할 수 있었다.

2. 온라인 친구들과 함께하다

"빨리 가려면 혼자 가고 멀리 가려면 함께 가라."는 말이 있다. 달리기에 대해서 아무것도 모르던 내가 3년이 넘는 기간 동안 거의 빠지는 날 없이 아침마다 달렸다. 함께 운동한 친구들 덕분이다. 혼자였다면 이렇게 오랫동안 운동하지 못했다. 마라톤 출전은 생각조차 하지 못했을 거다. 함께 했기에 모든 게 가능했다.

운동 모임 단톡방에 초대받았다. '연령대, 거주지, 참여계기, 운동 경험을 알려 주세요.'라는 글이 올라왔다. 약 스무 명 정도의 사람들이 자기소개를 했다. 30대에서 60대까지 연령대가 다양했다. 거주지도 서울부터 부산, 청주, 강릉 등 전국 각지였다. 운동 경험은 다들 별로 없어 보였다. '헬스 조금 했어요.' '하다 말다 반복해요.' '작심삼일로 끝나요.' 등 대부분 그리 운동을 오래 한 사람들 같아 보이지는 않았다.

서로 얼굴은 모르지만, 단톡을 통해 운동하고 인증을 시작했다. 한 달이 지나면 새로 나가고 들어오는 사람이 있었다. 몇 명 회원들과는 시작부터 지금까지 한 번도 빠지지 않고 거의 3년간 함께했다.

마라톤 대회에 참가하기 위해 서울에 갔을 때 직접 만나기도 하고 밥을 먹기도 했다. 비록 온라인이지만 함께 아침마다 단톡으로 만나다 보니, 어느새 가까운 친구처럼 느껴졌다.

새벽 5시가 되면 어김없이 그날의 첫 운동 인증 글이 올라왔다. E였다. 자고 일어나 단톡을 확인하면 벌써 E의 인증 카톡이 올라와 있었다. 매일 첫 번째로 운동 인증 글을 올린 그녀는 유치원생 두 아이를 키우며 직장에 다니는 워킹맘인 듯했다. 출근 전 빨리 운동부터 하고 하루를 시작하는 것 같았다. 아주 가끔 귀여운 아이들과 함께 걷거나 달린 사진을 올리기도 했다.

E는 거의 하루도 빠짐없이 아침 5시만 되면 운동 인증

글을 올렸다. 모임이 시작된 초기 월말이 되면 서로 한 달 동안 운동했던 소감을 글로 나누고는 했다. 'E님은 AI인가요?' 어느 회원의 한 줄 글에 다 같이 웃고 수긍했다.

S님은 나와 나이가 비슷한 또래였다. 열심히 운동하며 인증을 거의 빼먹지 않았다. 부상으로 며칠 운동을 못하는 날도 있었지만, 운동의 끈을 놓지 않았다. Y님은 이제 막 60대가 된 우리 중 나이가 가장 많은 분이었다. 회원들을 잘 보듬으며 일이 바쁜 중에도 어떻게든 시간을 내어 운동하고 인증하며 참여했다.

어느 정도 시간이 흐르자, 단톡방의 글을 통해서 각자의 처지와 상황을 조금씩 알게 되었다. 며칠 운동 기록이 올라오지 않는 날은 운동하다가 어디 다친 건 아닌지 다른 무슨 일이 생긴 건 아닌지 안부가 궁금해지기도 했다.

토요일 아침이 되면 시간이 비교적 한가한 편이라 조금 오래 달렸다. 어느 정도 달리기가 익숙해지자, 토요일만 되면 10킬로미터를 뛰었고, 그 기록을 단톡방에 올렸다. 약속이나 한 듯이 H님도 10킬로미터 기록을 올렸다. 아침

대략 비슷한 시간에 운동하고 비슷한 시간에 인증을 올릴 때가 종종 있었다. 그럴 때는 몸은 비록 멀리 있지만 함께 운동한 기분이 들었다.

코로나로 사람을 잘 못 만나던 시기다. 원래도 친구들을 잘 만나지 않았지만 코로나가 되자 더욱 사람을 만날 일이 없어졌다. 그때 만난 온라인 친구들, 비록 얼굴도 모르고 나이도 잘 몰랐지만, 매일 아침 함께 운동하고 인증한다는 사실 만으로도 친밀감이 느껴졌다. 친구가 생긴 것 같았다.

어느 날, 운영자가 광복절 기념 달리기를 제안했다. '8월 15일 날 각자 뛰고 싶은 목표 시간을 적어서 올리세요.' 라는 공지가 올라왔다. 몇 분을 적을지 고민했다. 당시는 20분 정도 쉬지 않고 달릴 수 있을 때였다. 할 수 있는 만큼만 하자고 생각하고 20분을 적어 올렸다. 올리고 나자 조금 후회스러웠다. 이 기회에 30분에 도전해 보는 건데. 라는 마음이 들었다. 다시 30분으로 바꿀지 고민하고 있을 때, '30분으로 하시죠! 충분히 하실 수 있을 것 같은데.' 라고 H가 내 글에 댓글을 달았다. 30분으로 정정했다. 적으면 이루어진다고 했던가. 광복절날 나는 내가 적은 30분 달리기를 할 수 있었다. 그녀 덕분이었다.

처음으로 마라톤에 참여할 때도 그랬다. 단톡방에서 누군가 올려놓은 마라톤 대회 기사를 봤다. 호기심에 링크를 눌렀다가 신청까지 하고 말았다. 누군가 그 기사를 올리지 않았더라면, 나 혼자 알아서 마라톤 대회에 신청하는 일은 아마도 없었을 것이다. 함께하는 회원님 덕분에 정보를 얻었고 기회도 얻었다.

온라인 친구들 덕분에 힘을 낼 수 있었다. 친구가 없었더라면 달리기는 진작에 그만두었을 거라는 생각도 종종 든다.

운동 가기 싫은 날이 있다. 침대에 누워 일어날까 말까를 고민하다가 핸드폰을 든다. 단톡방을 보면 회원들의 운동 인증이 이미 올라와 있다. 그러면 나도 자동으로 일어나 양말을 신게 된다. 몸은 비록 멀리 있지만 서로의 인증 사진과 글을 보며 힘을 낸다. 저 사람이 하는데 나도 해야겠다고 마음먹는다. 어떤 날은 내가 제일 먼저 운동하고 인증 글을 올리기도 한다. 어쩌면 내 모습을 보고 다른 사람이 따라 할지도 모른다. 그렇게 함께한 지가 어느새 3년이 지났다. 동네 앞 강변만 뛰다가 멀리 이웃 마을에 있는 무섬까지도 뛰어가게 되었고 더 멀리 춘천까지 가서 마라톤에 참여하기도 했다. 그리고 서울까지 가서 잠실 대교도 뛸 수 있었다. 내가 사는 이곳을 벗어나 먼 그곳까지 달리기하러 갔다는 사실은 나로선 전혀 예상하지 못하던 일이다. 함께하면 멀리 갈 수 있다는 말, 맞는 말이다.

3. 기록은 자신감을 만든다

　현재 나이키 앱에는 1,700여 킬로미터, 런데이 앱에는 1,600여 킬로미터 나의 달리기 기록이 쌓여 있다. 두 기록을 합치면 3,300킬로미터가 넘는다. (2023년 11월 27일 기준). 매일 운동 앱에 기록이 쌓이면서 자신감 또한 쌓였다.

　처음 달리기를 할 때는 핸드폰에 기본으로 들어 있는 삼성헬스 앱을 사용했다. 10분을 달리겠다는 목표를 세우고 달렸다. 달리는 동안 몇 번이나 핸드폰을 꺼내 시간을 확인했다. 도저히 뛸 수가 없어서 멈췄다. 9분 12초. 최초 기록이다.

　둘째 날도 삼성헬스 앱을 사용해 첫날과 비슷하게 뛰었다. 셋째 날부터는 나이키 앱의 사용법을 배워서 뛰었다. 10분 13초를 달렸고 거리는 1.46킬로미터 페이스는 6분 59초다. 많은 시간이 흘렀지만 이렇게 정확하게 알 수 있는 것은 운동 앱에 기록이 남아 있기 때문이다.

2020년 7월에 달리기를 28번을 했고 평균 페이스는 7분 8초, 달린 거리는 63.59킬로미터, 달린 총시간은 8시간 23분 6초이다. 이것도 앱을 통해, 방금 확인을 하고 적었다. 일별, 월별, 연별 나의 모든 운동 기록을 다 알 수 있다. 지난달에는 132킬로미터를 달렸다. 적게 달린 달은 50킬로미터, 많게는 100킬로미터가 넘게 달린 걸로 나온다.

처음에는 나이키 앱을 사용했다. 기록을 쌓아가다가 2020년 11월 처음으로 런데이 앱을 사용했다. 손기정 마라톤 대회에 나가면서부터다. 코로나가 한창이던 시기여서 마라톤은 가상으로 진행되었다. 가상 대회는 현장에 모여서 단체로 하는 게 아니라 각자 있는 장소에서 앱을 이용해서 기록을 측정하고 인증을 받는 방식이다.

손기정 마라톤 주최 측에서 공식 지정한 앱이 '런데이'였다. 런데이 앱 사용 적응 기간이 필요했다. 몇 달 동안 나이키 앱만 사용해 왔기 때문이다. 나이키 앱에 기록을 쌓을 수 없어 아쉬웠지만, 일단 런데이 앱에 빨리 적응해서 마라톤 참여에 실수가 없어야 했다. 런데이로 약 한 달간 연습 후 손기정 마라톤을 무사히 마치고 공식 인정 받을 수 있었다. 대회가 끝나고 다시 나이키 앱으로 연습했다. 기록이 점점 더 쌓여 갔다. 달리기를 시작한 지 일 년쯤 지나 두 번째 손기정 마라톤 대회를 준비하면서 다시 런데이 앱을 사용하기 시작했다. 대회가 끝나고 다시 나이키 앱으로 돌아왔는데, 앱에서 가끔 오류가 발생했다. 고민하다가 런데이 앱을 계속 사용하기로 마음을 먹었다.

사진과 함께 기록 공유 시 나이키는 날짜가 나오지 않았고 런데이는 날짜가 표시되었다. 그 점이 마음에 들어 지금은 런데이를 계속 사용하고 있다. 나이키 앱을 계속 썼더라면 기록이 한 곳에 집중되어 레벨이 많이 올라갔을 텐데 그렇지 못해 그 점은 조금 아쉽다.

전날 야식을 먹거나 밤늦게 잠든 날은 아침에 일어나기 힘들었다. 나가서 뛰고 싶은 마음이 별로 들지 않았다. 그런 날은 침대에 누워 나이키나 런데이 앱을 열어 나의 지난날 달리기 기록을 본다. 상세한 기록이 나온다. 내가 언제 어디서 어떻게 뛰었는지 모두 알 수 있다.

거리, 시간, 속도는 물론 내가 뛴 거리의 지도까지 상세히 나온다. 2킬로미터 겨우 뛴 날도 있고 10킬로미터 이상을 뛴 날도 보인다. 딱 10분 걸은 날도 있고 두 시간 넘게 걸은 날도 있다. 지도를 보면 신기할 정도다. 내가 이동한 곳이 선으로 나타난다. 느리게 걷거나 뛴 곳은 붉은색으로, 보통 속도로 간 곳은 연두색 빨리 뛴 곳은 파란색으로 표시된다. 거의 나의 움직임 하나하나까지 알 수 있다. 상세 기록을 보면 1킬로미터당 구간별 속도까지도 나타내 준다. 달린 곳의 지면 높낮이까지 보여 준다. 참 정확하기도 하다. 생생한 나의 기록 칩이다.

달리기 기록을 들춰 보다 보면 마치 지난날 일기장을 보는 것 같은 느낌이 들기도 한다. 과거가 생각난다. 이제까지 쌓인 기록을 보다 보면 다시 열심히 해야겠다는 마음도 든다. 다시 도전할 마음이 생긴다. 침대에서 일어나 옷을 갈아입고 밖으로 나가게 된다.

달리기 또는 걷기를 처음 하는 사람들에게는 무조건 어

떤 거라도 좋으니 운동 앱을 사용해 보라고 권한다. 앱을 통해 매일 쌓이는 기록을 눈으로 보면 우선 기분이 좋다. 눈에 보이는 성과는 꾸준히 할 수 있는 동력이 된다. 자신의 기록을 보면서 자신감을 가질 수 있다. 잘하고 있는지 못하는지 그냥 했을 때는 잘 모르지만, 눈으로 보면 믿을 수 있다. 확신을 가질 수 있다. 무엇이 되었든 성과를 보일 수 있어야 한다. 그렇게 되면 자기 신뢰감이 생긴다. 따라서 운동하려면 반드시 앱을 사용해서 자신의 기록을 측정하면서 운동하라고 권한다. 기록은 자신감을 만들어 준다.

4. 30분 연속 달리기

달리기를 시작한 지 한 달 보름 정도 되었을 때다. 단톡
방에 공지가 하나 올라왔다.

'내일은 8.15 광복절입니다. 의미 있는 날을 맞아 달리기
목표를 정해서 달려 보기로 해요. 각자 내일 달릴 목표 시
간을 올려 보세요.'

일종의 이벤트였다. 몇 분을 적어 내야 할지 고민스러웠
다. 10분에서 시작해서 아주 조금씩 시간을 늘리고 있었
다. 달린 지 한 달 보름 정도 지났고 대략 20분에서 25분
정도 달릴 수 있을 때였다.

'시간을 더 늘려 30분을 뛰어 볼까? 1분 더 늘리기도 쉽
지 않은데, 아무래도 30분은 무리겠지?'

'혹시 목표를 적어 놓고 달성하지 못하면 어쩌지?'

이런 생각들로 머릿속이 복잡했다. 해 볼 생각은 하지 않고 자꾸만 안 될 이유를 찾았다. 30분을 뛰어 보고 싶은 마음이 조금 들기는 했다. 그래도 자신이 없었다. 한편 다음 날이 토요일이니까 좀 무리가 되더라도 한번 30분을 뛰어 볼까, 하는 생각도 들었다. 고민을 거듭하다 20분을 적어 올렸다.

'30분으로 하시죠!'

H님의 문자가 올라왔다. 30분으로 정정해서 다시 올렸다.

'고민하고 있었는데 H님 덕분에 수정했어요. 한번 해 볼게요.'
'당연히 뛰실 수 있죠!'

라는 답변이 돌아왔다. 조금 더 고민이 되기도 했지만

어쨌거나 30분이라고 올렸으니 무조건 다음 날 아침 30분을 뛰어야 했다. 과연 잘 뛸 수 있을지 걱정스러웠다.

평소보다 조금 일찍 일어났다. 편한 옷으로 갈아입고 운동화를 신었다. 집을 나왔다. 어느 코스로 뛸지 고민하다가 큰 다리를 건너가서 반대편 강변에서 뛰어 보기로 했다. 날씨가 화창하고 맑았다. 다리를 건너, 강둑 아래로 내려갔다. 그곳은 사람이 잘 다니지 않는 곳이다. 사람이 없으니, 뛰기는 편했다. 출발선에 섰다. 스트레칭을 평소보다 조금 더 꼼꼼히 했다. 마음을 굳게 먹었다. 나이키 앱을 켜고 시작 버튼을 눌렀다.

8월 15일은 한여름이었다. 얼마 안 뛰자 벌써 이마에서 땀이 흐르기 시작했다. 숨이 가빠지고, 다리가 무거웠다. 뛰면서 속으로 오늘은 반드시 30분을 뛰자고 다짐했다. 조금만 더 참자고 속으로 되뇌며 계속 뛰었다. 뛰다가 힘들면 입에서 욕이 나오려 한다. 욕이 나오면 제대로 하는 것이었다. 힘들면 제대로 하고 있다는 증거였다. 달리기는 그랬다.

목표했던 다리 아래에 다다랐다. 방향을 바꾸느라 잠시 멈칫했지만, 돌아서 바로 다시 뛰기 시작했다. 손목시계를 봤다. 15분 정도 지나 있었다. 예상했던 거리와 시간이 딱 맞았다. 계속 쉬지 않고 뛰었다. 언제 도착하나 싶더니 어느새 출발 지점까지 되돌아왔다. 시계는 31분을 가리키고 있었다. 러닝 벨트에서 핸드폰을 꺼내 서둘러 운동 앱의 종료 버튼을 눌렀다.

얼굴에서는 땀이 뚝뚝 흐르고 온몸은 땀에 젖었다. 숨이 차고 다리가 후들거렸다. 그늘을 찾았다. 고가 다리 아래 그늘을 찾아 급히 들어갔다. 강변에 둑으로 쌓아 놓은 돌 중 앉을 수 있는 돌을 찾아 앉았다. 몸의 열기가 사라지지 않았다. 핸드폰을 다시 꺼내 주변 풍경 사진을 찍었다. 31분 기록을 단톡방에 급하게 올렸다. 성공했다.

돌 위에 앉아 쉬고 있는 동안 계속해서 웃음이 났다. 핸드폰을 꺼내 셀카를 찍었다. 이리저리 방향을 바꿔 가며 찍었다. 비록 머리는 산발에 아직도 얼굴에 열기가 사라지지 않았지만, 계속해서 내 모습을 찍고 싶었다. 다리 밑에서 한참 쉬었다. 어디선가 시원한 바람이 한 줌 불어왔다. 몸의 열기가 조금씩 가라앉았다. 천천히 집으로 돌아왔다. 내가 30분이나 뛰었다는 사실이 믿기지 않았다.

집에 돌아와 단톡을 자세히 살펴보았다. 수도권에 있는 사람들은 비가 와 달리기를 못했다고 했다. 내가 있는 곳은 아주 맑았다. 햇빛은 쨍쨍하고 매미 소리가 시끄럽게 들려왔다. 천만다행이었다. 날씨도 나의 달리기를 도와주는구나 싶었다.

어떤 연예인은 광복절만 되면 순국선열 기리는 의미에서 8.15킬로미터를 달린다고 했다. 인스타그램에 그 사진이 공유되기도 했다. 어떤 작가는 운동장을 돌며 실시간으로 자신의 달리는 영상을 공유했다고도 한다. 나중에 알고 보니, 달리기를 즐기는 사람들은 각종 기념일에 맞춰 그에 맞는 거리나 시간을 기준으로 맞춰 달리고 인증하기도 했다. 예를 들어 삼일절에는 3.1킬로미터, 현충일에는 6.6킬로미터 이렇게 의미를 부여해 달린다. 전국 각지에서 기념일에 맞게 또는 어떤 취지를 가지고 달리기 대회가 자주 열린다는 사실도 서서히 알아가기 시작했다.

　그때 만약 20분 달리기를 적어 내고 딱 그 거리만 달렸더라면 어땠을까. 그 이후 물론, 연습하며 기량이 늘어나기는 했을 것이다. 하지만 성장 속도는 더뎠을지 모른다. 30분 연속 달리기 성공으로 큰 자신감을 얻었고 달리기에 더욱 정진했다. 매일 연습을 빠지지 않았고 그날 이후 실력은 쑥쑥 늘었다.

　이제까지 살아오면서 '여기까지만 하지 뭐.'라며 선을 그으며 살았다. 한계를 넘어서지 못하고 언제나 포기하고 돌아섰다. 나를 믿지 못했다. 도전하지 않았다.

　그날 30분 달리기는 '하면, 할 수 있구나.' 하는 자신감을 안겨 주었다. 안 할 뿐이지 막상 시도하고 부딪쳐 보면, 누구나 다 할 수 있다는 사실을 알았다. 그날의 바람, 공기, 햇볕이 지금도 선명히 기억난다. 한걸음 도약한 날이다.

　자신을 한계 짓지 말자. 항상 가능성을 열어 두자. 한번 시도해 보자. 머리로만 생각하지 말고 행동으로 옮겨 보

자. 우리에게는 무한한 가능성이 있다.

달리던 강변

자신을 한계 짓지 말자.
항상 가능성을 열어 두자.
한번 시도해 보자.

5. 마라톤이라고?

 30분 연속 달리기에 성공하면서 자신감을 얻은 후 더욱 열심히 연습했다. 여름철이라 해가 일찍 떴다. 매일 아침 5시쯤 일어났다. 아파트를 벗어나 강변까지 10분 정도 걸어간다. 거기서부터 달리기를 시작했다. 약 이삼십 분을 달렸다. 달리는 순간에는 땀이 뻘뻘 나고 숨이 가쁘면서 고통스러울 때도 있다. 하지만 목표한 거리를 다 달리고 나면, 그 어느 때보다도 상쾌하고 뿌듯했다. 운동을 마치고 아파트로 천천히 걸어서 돌아오는 길은 여유롭고 편안했다. 뛰는 순간보다도 더 행복감을 느꼈다.

 '오늘은 거리가 더 늘어났어요.' '더 멀리 뛰었어요.' '오늘은 다른 길로 가 봤어요.' 매일 운동 인증 후 간단히 소감을 올렸다. 어느 날 평소보다 더 좋은 기록을 올리고 기세등등해진 나는 이렇게 올렸다. '마라톤 나가도 되겠어

요.' '우리 이러다 진짜 마라톤 나가는 것 아닐까요?'

마라톤은 나에게 먼 나라 이야기였다. 서로 말은 그렇게 했지만, 아무도 마라톤에 나갈 실력은 안 되었다. 이제 겨우 몇 킬로미터 뛸 수 있을 뿐이었다.

20여 명 되는 달리기 방 친구들은 모두 초보였다. 벌써 운동을 포기하고 단톡방에 이름만 있을 뿐 모습을 드러내지 않는 사람들도 있었다. 나처럼 매일 운동 기록을 올리는 사람도 있었다. 도토리 키재기 마냥, 서로 실력이 비슷했다. 초보자들끼리 농담을 주고받았다. 그때, '손기정 마라톤 대회 안내' 누군가 마라톤 안내 링크를 단톡방에 딱 올렸다.

마라톤에 대한 기억이 두 가지 있다. 하나는 대학교 2학년 봄이었다. 학교에서 마라톤 대회가 열렸다. 운동이라고는 거의 안 했지만 마라톤 대회에 참가하면 왠지 멋있을 것 같았다. 친구들 몇 명과 함께 호기심 반 재미 반으로 신청했다. 거리가 얼마였는지는 기억이 나지 않는다. 아마 5킬로미터 마라톤이었을 것 같다. 학교가 있던 곳에서 버스 정거장으로 몇 정거장이나 되는 거리를 뛰어갔다가 왔다. 봄이라 햇살이 몹시 따가웠다. 조금만 뛰어도 힘이 들었다. 겨우겨우 뛰며 걸으며 완주했다. 기념품으로 체크무늬가 예쁜 모자를 받았다.

한번은 아이들이 어렸을 때다. 이곳에는 매년 4월 소백마라톤 대회가 열렸다. 남편이 어느 날, 회사에서 돌아와 마라톤에 한 번 참가해 보지 않겠느냐고 했다. 회사에서 참가비를 지원해 주니까 아이들과 나가 보자고 했다. 아이들과 함께 참여해 보기로 했다. 아이들이 초등학교 저학년일 때다. 네 식구가 모두 신청하고 대회 날을 기다렸다. 연습할 생각 따위는 조금도 하지 않았다. 그냥 이벤트로만 생각했다. 막상 당일 남편은 일이 생겨 참가하지 못했다.

아이들과 나까지 세 명이 시민 운동장으로 향했다. 집에서 멀지 않아서 걸어갔다. 시민 운동장 입구에서부터 사람들로 북적였다. 음악 소리가 신나게 울려 퍼지고 있는 곳으로 갔다. 흰색 제복에 해군 모자를 쓴 군악대가 연주하고 있었다. 마음이 붕 떴다. 각양각색의 사람이 보였다. 형

형색색 옷을 맞춰 입은 단체팀도 보였다. 사진을 찍고 웃고 떠들고 들뜬 모습과 분위기에 우리도 덩달아 기분이 좋아졌다. 운동장 한편에는 천막이 일렬로 늘어져 있었다. 단체팀별 부스였다. 북적거리는 분위기가 마치 축제장에 온 것 같았다.

중앙 무대에서 사회자가 마이크를 잡고 진행을 시작했다. 체육 관계자들이 나와 축사를 하고 들어가자, 식전 축하 공연으로 댄스팀이 나와서 춤을 추었다. 경품 추첨도 하고 다 함께 스트레칭도 했다. 행사가 끝나자 드디어 풀코스 참가자들부터 차례로 출발하기 시작했다. 출발을 알리는 총성이 울렸다. 다 함께 와! 하면서 함성을 지르며 앞으로 달려 나갔다. 단체복을 맞춰 입은 무리, 깃발을 들고 파이팅을 외치는 무리 등 요란했다. 다음은 하프 코스, 그 다음은 10킬로미터 주자들이 차례로 출발하고 드디어 우리 마지막 5킬로미터 주자들 순서가 되었다.

아이들과 뛰기 시작했다. 처음에 뛰었지만, 얼마 가지 못해 걷기 시작했다. 아이들은 그래도 좀 더 뛰어가는데 나는 도저히 뛸 수가 없었다. 뛰다 걷다 겨우 결승점에 들어왔다. 나중에야 알았지만 5킬로미터는 그냥 건강달리기였다. 가족들과 함께 참여하는, 참가에 의의를 두는. 달리기였다.

달리기를 다 마치고 돌아오니, 운동장 한편에 긴 줄이 늘어서 있었다. 뭔가 싶어 그곳으로 가 보았다. 주최 측에서 국수를 무료로 나눠 주고 있었다. 줄을 서서 우리 차례를 기다렸다가 국수를 받았다. 앉을 만한 곳을 찾아 자리를 잡았다. 채 썬 오이와 다진 김치가 고명으로 얹어진 잔치 국수였다. 힘들게 뛰고 나서인지 허기가 졌다. 국물 한 방울 없이 싹 비웠다.

단톡방에 올려진 마라톤 안내 링크를 눌렀다. 손기정 평화 마라톤 대회 안내 글을 천천히 읽어 내려갔다. 마지막에 나도 모르게 10킬로미터 코스 신청 버튼을 눌러 버리고 말았다.

아무에게도 신청 사실을 말하지 않았다. 나만 아는 비밀이었다. 걱정이 조금 되기도 했지만, 연습하면 될 거라는 마음도 들었다. 연습을 체계적으로 할 방법 같은 것은 생각도 하지 못했다. 그저 하던 대로 매일 아침 강변에 나가 뛰면서 거리를 점점 늘려 나갔다.

인생에는 때로 생각지도 못했던 일이 일어나기도 한다. 나이 오십이 넘은 내가 마라톤에 출전하리라고는 꿈에도 생각 못했던 일이다.

어쩌다 달리기를 시작했고, 그저 매일 나가서 달렸다. 10분 달리기라는 작은 성취가 점점 쌓이면서 자신감도 함께 쌓였다. 자신감이 쌓이니, 새로운 도전 앞에서 주저하지 않았다. 마라톤은 그렇게 참여하게 되었다. 중요한 건 매일 자신이 정한 일을 하는 것이다. 스스로 정한 일을 매일 하며 자신에게 당당해지면 그 어떤 도전 앞에서도 주저하지 않을 수 있다.

6. 10킬로미터 달리기, 이게 되네?

2020년 10월 31일 밤 달리기를 시작한 지 4개월 만에 10킬로미터를 달릴 수 있게 되었다. 운동을 빠진 날이 며칠 되지 않았다. 아침에 눈을 뜨면 바로 달리러 나갔다. 걷기를 한 날도 있다. 달리기와 걷기를 병행하며 운동 한 날이 4개월 정도 되자 드디어 10킬로미터를 달릴 수 있었다.

조금씩 달리기 실력이 향상되면서 오래 달려 보고 싶은 마음이 생겼다. 매일 운동했더니 한 시간 넘는 시간 동안 달리는 일이 가능해졌다. 늘 부족하고 못났다는 생각에서 벗어날 줄 몰랐던 내가 드디어, 나도 뭔가를 해낼 수 있다는 사실을 확인했다.

달릴 수 있는 거리가 조금씩 늘어났다. 거리가 점차 늘자 더 뛰고 싶다는 욕심이 자꾸만 생겨났다. 〈마라닉TV〉 유튜브 영상을 즐겨 보곤 했는데 거기서 10킬로미터를 달리는 영상이 자주 나왔다. 자신의 한계를 넘어서며 달리는 모습이 멋져 보였다. 10킬로미터가 목표이자 꿈이 되었다.

매일 운동하면서 '나는 언제쯤 10킬로미터를 뛸 수 있을까?' 생각했다. 단번에 뛸 수는 없는 노릇이었다. 어떻게 하면 그 거리를 뛸 수 있을지 고민하며 매일 아침 운동화를 신고 밖으로 나갔다.

여름을 지나 가을로 접어들면서 날씨는 점점 서늘해졌다. 해가 짧아지고 싱싱하던 나뭇잎들은 하나둘 잎을 떨구기 시작했다. 그 당시 매일 3, 4킬로미터 정도를 달렸다. 어쩌다가 5, 6킬로미터 정도까지 달린 날도 있었다. 10킬로미터는 '감히 어떻게.'라고만 생각했다.

아침에 한 시간 정도 시간을 내서 운동하는데 그 이상은 시간을 낼 수 없었다. 어떻게든 10월 안에 달려 봐야겠다고 생각했다. 하지만 시간이 잘 나지 않았다. 주말을 이용해서 넉넉한 시간을 확보해야 하는데 주말마다 일이 많이 생겼다. 날짜는 점점 지나 10월이 거의 끝나가고 있었다. 조바심이 났다.

결국 10월 주말을 다 보내 버렸고, 10월 31일 아침에도 조금밖에 뛸 수 없었다. 아침 운동 시간에 기회를 놓치자, 나 자신에게 실망스러웠다. 이렇게 10월이 가 버리는구나 싶었다. 그런데, 그날 저녁 단톡에 기록 인증 사진이 하나 올라왔다. S님의 기록이었다. 사진 속에 10킬로미터가 찍혀 있었다. 눈이 번쩍 뜨였다. 달리기 시작 시점이 거의 같은 30대 회원이었다. 평소 자주 기록을 올려 어느 정도 실력인지는 알고 있었다. 10킬로미터를 달릴 정도의 실력은 되지 않는 것 같았는데, 그렇게 기록을 딱 올리니, 우선 놀라웠다. 그다음 너무 부러웠다.

해는 이미 져 버렸고 밖은 어둡고 쌀쌀하기까지 했다. 오늘을 놓치면 안 될 것만 같았다. 빠르게 운동복을 갈아입고 운동화를 신었다. 모든 할 일을 미뤄 둔 채 집을 나섰다.

아파트 공동 현관문을 나서자마자 바로 나이키 앱을 켰다. 마음이 급했다. 오늘이 가기 전에 빨리 달리고 싶었다. 런데이 앱을 켜고 시작 버튼을 누른 다음 달리기 시작했다. 강변에는 저녁 운동과 산책을 나온 사람들로 조금 붐

벘다. 그 사람들 사이를 비껴가며 앞으로 나아갔다. 큰 다리 하나를 지났다 두 번째 다리까지 지났다. 평소보다 더 멀리 뛰어갔다. 갈 수 있는 최대한 강을 따라 위로 올라갔다. 한참을 가자, 가로등 없는 으슥한 길이 나왔다. 더 이상 올라가서는 안 될 것 같았다. 방향을 바꾸었다. 돌아서 내려오기 시작했다.

아침에 바로 일어나 운동할 때와 몸의 느낌이 달랐다. 종일 움직이며 몸이 이미 잘 풀린 상태였다. 달리고 또 달렸다. 사람들을 제치고 나아갔다. 어두운 밤, 뛰고 또 뛰었다. 어쩐 일인지 뛸수록 몸이 점점 가벼워지는 느낌이 들었다. 가로등에 비친 내 그림자가 보였다. 머리카락이 바람에 좌우로 날리고 있다.

시간이 지나자, 사람들이 점점 보이지 않기 시작했다. 한참을 강 아래로 뛰어서 내려왔다. 출발하던 지점을 지났다. 앱에서 알림음이 9킬로미터를 알려 주었다. 이제 조금만 더 뛰면 된다. 조급한 마음에 핸드폰을 꺼내 앱에 표시된 거리를 보았다. 500미터. 얼른 다시 러닝 벨트 속에 집어넣었다.

'조금만 더 버티자, 조금만 더 버티자.' 속으로 되뇌었다. 갑자기 다리가 더 빨라지기 시작했다. 가슴이 쿵쾅거렸다.

"거리 10킬로미터. 평균 속도……."

알림음 소리가 들렸다. 달리기를 멈췄다. 바닥에 주저앉았다. 눈물이 두 볼을 타고 흘러내렸다.

핸드폰을 꺼내 들었다. 단톡방에 소식을 전했다. 저도 10킬로미터 달렸어요! 라고. 셀카 사진도 몇 장 올렸다. 나중에 보니, 마스크로 얼굴은 가렸지만, 눈가에 눈물 자국이 선명했다.

'사실, 저 손기정 마라톤 대회 신청했어요! 못 뛰게 될지도 몰라서 이제까지 말 안 했어요. 이제 하나도 겁나지 않아요! 함께하는 여러분 덕분입니다.' 갑자기 수다쟁이가 되었다. 평소에는 단톡에 그렇게 많은 글을 올리지 않는다. 해냈다는 기쁨에, 마음이 들떠 말을 마구 쏟아 냈다. 내가 가진 온 에너지를 쏟아 냈던 그날 밤, 지쳐서 집으로 돌아오는 길 속으로 생각했다. '이게 되네?' 앞으로, 못 해낼 일이 없을 것만 같았다.

나의 가능성을 확인한 날이었다. 마음속에 품고 있던 생각을 이루어 낸 날이다. 그날 저녁 밖에 나가, 달리지 않고 그대로 잠들었다면 다음날을 기약했을 거다. 아쉬움을 가득 안은 채 잠들고, 다음날 후회하며 눈을 떴을지도 모른다. 행동으로 옮긴 덕분에 그날은 평생 잊지 못할 10월의 마지막 날이 되었다. 머릿속으로 생각한 일을 실행하는 사람으로 점점 변해가고 있었다.

다음 달, 10킬로미터 마라톤은 이날보다 더 좋은 페이스로 가뿐히 완주할 수 있었다. 이후 겨울 약 석 달 동안 10킬로미터를 열 번도 넘게 더 뛰었다. 그해 12월 누적 거리는 100킬로미터를 넘었다.

처음으로 10킬로미터를 달린 날

행동으로 옮긴 덕분에 그날은 평생 잊지 못할
10월의 마지막 날이 되었다.

7. 한겨울에도 아랑곳없이

올겨울 유난히 눈이 많이 왔다. 글을 쓰고 있는 지금도 밖에는 눈이 내린다. 기온이 많이 내려가면서 내린 눈이 녹지 않고 거의 일주일 동안 쌓여 있다. 오늘 아침도 달리고 왔다. 영하 12도의 날씨에도 아침 달리기를 멈추지 않는다. 겨울 달리기 4년 차가 되면서 이젠 웬만한 추위는 춥게 느껴지지 않는다. 기온이 아무리 내려가도 여느 때와 마찬가지로 아침 6시가 넘으면 운동을 하러 나간다. 습관이 되니, 차가운 겨울 아침에 운동하러 나가는 일이 그다지 어렵지 않다. 무슨 일이든 익숙해지면 쉬운 법이다.

첫해 10킬로미터를 달리고 난 후 더욱 자신감이 붙었다. 주말은 항상 평소보다 조금 더 많이 뛸 생각을 했다. 어느 토요일 아침 함께 운동하던 H님과 거의 같은 시간대에 10킬로미터를 달렸고 페이스도 비슷했다. 약속을 한 것도 아닌데 비슷하게 달렸다. 비록 몸은 멀리 있지만, 어디선가 나와 같은 시간대에 비슷한 거리를 뛴 사람이 있다고 생각하니 든든했다. 그때부터 주말에는 10킬로미터를 뛰어야겠다는 생각이 들었다. 4주를 다 뛰지는 못하고 한 달에 약 두세 번 정도는 10킬로미터를 뛰었다. 한창 달리기에 재미가 든 때라 날씨는 아무 상관이 없었다.

몹시 추운 어느 날이다. 그날 아침도 좀 오래 달려보기로 했다. 장갑에 모자, 내복까지 입고 중무장을 하고 나왔다. 강변을 따라 올라갔다. 날씨가 워낙 추우니까 운동을 하는 사람이 거의 없었다. 홀로 천천히 뛰기 시작했다.

그날따라 10킬로미터가 엄청, 길게 느껴졌다. 중간에 조금 걷기도 했다. 가도 가도 끝이 없었다. 도대체 언제 10킬로미터가 되는 걸까 하며 투덜거렸다. 누가 시킨 일도 아닌데 이런 일을 내가 왜 하고 있을까 싶은 생각도 들었다. 하지만, 그래도 달렸다. 겨우겨우 달렸다. 페이스가 8분대가 나왔다. 평소보다 저조한 기록이다.

달리기를 마치고 사진을 찍으려고 했다. 보통은 풍경 사진을 찍어서 기록과 함께 올린다. 사진을 찍으려고 전화기를 꺼내 든 순간 내 그림자 머리 위로 뭔가가 올라오는 것이 보였다. '뭐지?' 하고 카메라를 셀카 위치로 바꾸어 나를 비췄다. 모자를 쓴 내 머리 위로 김이 모락모락 올라오고 있었다.

그날은 얇은 비니를 쓰고 갔었다. 비니를 뚫고 내 머릿속의 열기가 수증기가 되어 빠져나오고 있었다. 한 시간 이상 달리면서 몸에 열이 올랐고 머리에 있던 열기가 찬 공기와 만나 김이 오른 것이다. 너무 웃겨서 길거리에 선 채 한참 웃었다. 그 모습을 동영상에 담고 단톡방에 올렸다. 놀라는 사람, 대단하다는 사람 등 사람들의 반응이 재미있다. 한참 핸드폰을 가지고 놀다가 보니, 손가락이 시렸다. 시리다 못해 아렸다.

집으로 돌아가야 할 시간이다. 달릴 때도 좋지만, 달리기를 다 마치고 난 후 집으로 돌아가는 길이 더 좋다. 강변에서 아파트까지는 약간 오르막길이다. 그곳을 천천히 올라가고 있으면 세상 행복이 다 내 것 같이 느껴진다. 목표한 바를 이루고 땀을 흘리고 난 뒤 상쾌해진 몸으로 느긋이 집으로 향한다. 그 시간의 안온함과 평화로움은 이루 말할 수 없다.

찬 바람을 맞고 집으로 돌아오는 길 엘리베이터 안에서 거울을 봤다. 눈썹이 하얗게 얼어 있다. 그 모습이 또 우스워 사진을 찍는다. 속 눈썹까지 하얗다.

집에 도착하자마자 샤워를 시작했다. 허벅지 안쪽이 뻘겋다. 따뜻한 물이 닿자 마치 송곳으로 콕콕 찌르는 듯한 통증이 느껴졌다.

바람이 몹시 몰아치던 날이다. 밖으로 나가는 것이 습관이 되니, 안 나가면 도리어 이상했다. 그날도 중무장하고 집을 나와 마트 앞까지 걸어왔다. 휘몰아치는 바람이 얼마나 거센지 바람에 날려갈 것만 같았다. 그래도 꾸역꾸역 강변으로 내려갔다. 달리기는 무리라서 걸었다. 맞서 오는 바람에 몸이 휘청거리는 듯했다. 모자를 눌러쓰고 목도리에 마스크까지 착용했다. 장갑을 끼고 속에는 방풍 내의까지 입었다. 바람과 싸우며 앞으로 나아갔다. 휘몰아치는 바람에 마치 내가 만주벌판의 독립투사라도 된 기분이었다. 모자 밖으로 튀어나온 머리칼이 이리저리 휘날리고 앞으로 나아가는 게 힘들었다. 몸을 돌렸다. 등으로 바람을 맞으며 반대 방향을 향해 걸었다. 저항이 덜했다. 아니 오히려 바람이 나를 밀어 줬다. 오래 걸을 수는 없었지만 그렇게 바람이 거센 날도 나갔다.

운동이 습관이 되자, 날씨는 아무 상관이 없어졌다. 아무리 춥든 덥든 나가게 되었다. 예전에는 더우면 덥다고 밖을 안 나갔다. 추우면 또 춥다고 집안에만 웅크리고 있었다. 가볍게 산책할 수도 있고, 운동을 할 수도 있는데 왜 그렇게 밖을 나가지 않았는지 모르겠다.

밖으로 나가면서부터 자연의 아름다움에 눈을 떴다. 이전까지 보이지 않던 꽃, 나무, 하늘, 구름이 보였다. 시원한 바람, 뜨거운 태양을 느낄 수 있었다. 같은 시각 반복해서 나가니 어느 날은 태양의 고도가 달라졌다는 사실도 알아챘다.

봄에 벚꽃이 만발하는 줄도 잘 모르고 살았다. 어쩌다

꽃구경 간다고 나서면, 벚꽃을 구경하는 시간보다 차에서 보내는 시간이 더 많았다. 괜히 왔다며 짜증 내며 돌아오기도 했다. 달리기하고부터는 벚꽃을 실컷 본다. 벚꽃은 집 주위에 널려 있었다. 태양도 마찬가지다. 1월 1일 새해맞이 한다면 요란스럽게 숙소를 잡아 어디론가 떠나곤 했었다. 아침 운동을 나가 보니, 매일 아침이 1월 1일이다. 찬란한 해는 매일 뜨고 있었다. 단지 내가 보지 않았을 뿐이다.

행복도 그렇다. 멀리 있지 않다. 굳이 찾아 헤맬 필요가 없다. 행복은 늘 우리 가까이에 있다. 단지 내가 보지 않을 뿐이지. 다르지 않다고 생각된다.

눈이 내린 강변

굳이 찾아 헤맬 필요가 없다.

행복은 늘 우리 가까이에 있다.

50대, 달리기를 할 줄이야

8. 어느새 뛰고 있었다

달리기를 시작하고 몸이 가벼워지자, 짜증과 귀찮음이 이전보다 훨씬 줄어들었다. 생각도 많이 긍정적으로 변하고 몸무게도 줄었다. 매일 내일 아침 또 뛸 수 있다는 기대감이 있었다. 참으로 오랜만에 느끼는 감정이었다.

달리기를 시작한 지 한 달 반 가까이 되었을 무렵이다. 학교에서 수업하고 있었다. 여름 방학이라 오전에 나가 수업하고 있을 때였다. 교실은 4층에 있었다.

갑자기 전화기가 울렸다. 저장이 안 되어 있는 낯선 번호였다.

"○○○○ 차주 되시는 분이죠? 차 좀 빼 주세요!"
"아, 예 알겠습니다."

아침에 출근하면서 주차 공간이 없어 이중 주차를 해 두었던 게 생각났다. 얼른 전화를 끊고 차를 빼러 갔다. 1층까지 계단으로 내려가서 1층에서는 운동장을 가로질러 교문까지 갔다. 교문을 통과하는 순간 갑자기 멈칫했다. '어, 내가 뛰고 있네?' 나도 모르게 나는 빠르게 뛰고 있었다. 그런데 전혀 힘들다는 생각이 들지 않았다. 가볍게 뛰어서 교문 앞까지 왔다. 웃음이 났다. 다리가 가벼운 것은 물론이거니와, 전화를 받고 나서 조금도 귀찮은 마음이 들지 않았다. 예전 같으면 짜증을 냈을 일이다.

아파트 5층에 산다. 별로 높은 층수가 아니다. 계단을 이용하겠다고 늘 마음먹었지만, 어쩌다 한 번 겨우 이용했다. 달리기를 시작하고서부터는 무조건 계단을 이용한다. 무거운 짐이 있을 때는 엘리베이터를 사용했지만, 그 외에는 웬만하면 거의 계단을 이용한다.

차를 주차할 때도 달라졌다. 예전 같으면 어떻게든 목적지 가까이에 주차하려고 애썼다. 주차할 공간이 없으면 기어이 주차장을 몇 바퀴 돌아서 빈 곳을 찾았다. 어쩌다 겨우 남은 한자리를 발견할 때면 무척 좋아하면서 주차했다. 하지만 운동을 하면서 체력이 점점 좋아지자 달라졌다. 차를 끌고 가다 목적지가 다가오면 빈 곳 아무 곳에나 주차한다. 군이 조금이라도 덜 걸으려고, 어떻게든 목적지 근처에 차를 대려고 애쓰지 않는다. 몇십 미터 더 걸어가는 것쯤은 이제 아무 문제가 되지 않는다. 오히려 일부러 좀 걷기 위해 먼 곳에 차를 대기도 한다.

친정집이 걸어서 20분 정도 거리에 있다. 이렇게 가까운 거리도 예전 같으면 무조건 차를 타고 갔다. 걷기와 달리기가 익숙해지면서 이 정도 거리는 이제 가볍게 걸어간다. 기차역도 집 근처에 있다. 이곳도 예전에는 무조건 차를 타고 갔다. 하지만 지금은 걸음도 빨라지고, 몸도 가벼워져 고민 없이 걷는 것을 선택한다. 6~7킬로미터 떨어진 강변 둔치도 그렇다. 예전에는 어떤 행사가 있다면 일 년에 몇 번 가지 않던 곳이었다. 지금은 거의 일주일에 한 번씩 운동하면서 뛰어갔다가 온다. 예전에는 한 번 걸으려면 크게 마음을 먹어야 하던 곳이었다. 달리기하면서부터 활동 반경이 넓어지고, 어렵던 일이 쉬워졌다. 억지로 마음 먹어야 하던 일을 대수롭지 않게 하게 되었다.

눈치 보는 것도 많이 줄어들었다. 달리기를 시작할 때 아침에 운동하러 나가며 걸리는 부분이 남편이었다. 생전 아침에 나가지 않다가 새벽부터 운동한다고 나가니까 남편은 의아하다는 듯 나를 봤다. 아침밥도 챙겨야 하고 바쁜데 무슨 운동이냐는 눈초리로 마땅치 않게 여기기도 했다. 그런데 이제 몇 년 계속 나가니까 그냥 그러려니 한다. 아니 어떤 날은 '오늘은 안 나가냐?'고 묻기도 한다. 어쩌다 같이 나가서 걷거나 뛸 때도 있다.

하고 싶은 일을 할 용기가 생겼다. 마라톤 대회에 다섯 번이나 참가해 완주했다. 대회가 열리는 춘천까지 자가운전 해서 가고, 서울에 가서는 숙소까지 잡아서 대회에 참가했다. 예전 같으면 전혀 생각하지 못했던 일이다.

쪼그라들었던 마음이 점점 살아나는 듯했다. 뭐든 다 할 수 있을 것 같았다. 책 쓰기 수업만 해도 그렇다. 예전에 포기하고 미루고 회피하던 일을 지금 하고 있다. 초고를 쓰기로 마음먹고 지금 계속해서 매일 글을 써서 카페에 올리고 있다. 달리기를 통해 지구력과 인내심이 길러진 것인지도 모르겠다.

매일 달리기는 그렇게 나를 변화시켰다. 도전해 보라고, 할 수 있다고. 달리는 거리가 늘어날수록 나를 믿는 마음도 커졌다. 자신감이라는 말의 의미도 새롭게 깨닫게 됐다. 자신감의 자(自)는 스스로 자이다. 신(新)은 믿을 신이다. 자신을 스스로 믿는 마음이 바로 자신감이다. 나는 나를 점점 믿기 시작했다. 자신감이 생겼다.

내 몸과 마음이 변하니 다른 사람의 말도 받아들이게 되었다. 의심하고 부정적이던 마음이 어느새 많이 긍정적으로 변했다. 오래전 시작해 두고 그만두었던 글쓰기 공부를 하고 있다. 힘들고 어려운 일이지만 하고 있다. 달리기하면서, 처음에 잘 못하던 일도 시간과 노력이 쌓이면 이루어 낼 수 있다는 것을 알았다.

누군가를 돕는다는 마음으로 부지런히 글을 쓰고 연습

하다가 보면 한 권의 책을 만들어 낼 수 있고 내 이야기가 그 누군가에게 도움이 될 수 있을 거라고 믿는다. 나를 믿는 마음이 점점 커진다. 달리기가 나에게 준 선물이다.

제 4 장

50살에 달릴 줄이야

1. 첫 마라톤, 할 수 있다는 걸 알았다

첫 마라톤 대회에 참가한 것은 2020년 11월이다. 대회에 참가하기 전 딱 한 번 10킬로미터를 뛰어 봤다. 한번 뛰어 보기는 했지만, 과연 내가 다시 뛸 수 있을지는 대회 당일까지 미지수였다. 그저 막연히 지금까지 연습해 왔으니 잘할 수 있으리라 생각하며 뛰었고 별 어려움 없이 완주할 수 있었다. 몇 달간 거의 쉬지 않고 달리기를 한 덕분이다. '운동은 절대 배신하지 않는다.'라는 말을 실감했다. 마라톤 완주를 통해 자신감을 얻었다.

어떤 마라톤에 나갈지, 어떻게 준비하는지 고민 자체가 없었다. 그저 단톡방에 올라온 정보를 보고 클릭해 들어가서 나도 모르게 신청하고 말았다. 워낙 달리기에 재미가 붙었던 시기라, 앞뒤 잴 것이 없었다. 신청 당시는 5, 6킬로미터 정도 달릴 수 있던 시기였다. '연습하면 되겠지.'라는 마음만 가지고 있었다. 어찌 보면 무모했다고도 할 수 있다.

대회 2주 전쯤 마라톤 책자와 메달, 기념품이 집으로 왔다. 처음 받아 보는 마라톤 기념품이 마냥 신기했다. 안내 책자에는 참가자들 이름이 빼곡히 적혀 있었다. 풀코스부터 하프, 10킬로미터 종목별로, 성별로 명단이 적혀 있었다. 10킬로미터 여자 부문에서 내 이름을 찾았다. 드디어 대회에 나가는 것이 실감 났다. 책자를 꼼꼼히 살피며 주의 사항을 읽었다. 메달도 이미 들어 있었다. 달릴 때 배에 붙이는 번호표도 있었다. 기념품으로는 유명 브랜드의 보들보들한 감촉이 좋은 조끼가 들어 있었다. 두툼한 스포츠 양말 두 켤레에 간식으로 에너지바도 들어 있었다. 택배 꾸러미가 아주 푸짐했다. 마치 어릴 적 특별한 날에만 받던 종합 과자 선물 세트를 마주한 것만 같았다.

코로나 시기라 마라톤은 가상 마라톤으로 진행되었다. '버추얼 런'이라고도 불리는 가상 마라톤은 참가자들이 현장에 단체로 모여 진행하는 것이 아니라 각자 있는 장소에서 각자 달리고, 공식 앱을 통해 인증을 하면 되는 방식이었다. 출발 시각은 10시로 전국 어느 곳이나 같았다. 장소는 내가 늘 운동하던 강변으로 정했다.

　11월 중순이라 날씨는 조금 쌀쌀했다. 그날따라 구름이 많이 끼어 하늘은 잔뜩 흐려 있었다. 9시 30분쯤 집을 나섰다. 평소 입던 검은색 운동복과 하얀 운동화 그리고 모자를 쓰고 장갑을 꼈다. 강변까지 내려와 출발 지점에 섰다. 스트레칭을 하며 몸을 풀었다. 혹시 나처럼 오늘 대회에 참가하는 사람이 있을까 싶어서 이리저리 살펴보았지만, 아쉽게도 대회에 참가하는 것처럼 보이는 사람은 없었다. 느긋하게 산책하는 사람 몇몇이 보일 뿐이었다. 떨리는 마음으로 몸을 풀고 10시가 다가오기를 기다렸다. 주최 측에서 보내 준 링크를 눌러 줌(ZOOM)도 잠시 켰다. 사회자가 참가자 인터뷰를 하는 동영상이 보이고 응원의 메시지를 외치고 하는 등의 식전 행사가 줌으로 실시간 진행되었다. 안내에 따라 앱을 켜고 준비했다.

　"자, 출발하세요!"

런데이에서 가상의 젊은 남자 목소리가 우렁차게 출발 안내를 했다. 가슴이 두근거렸다. 무리하지 않고 1킬로미터를 지났다.

"벌써 1킬로미터를 지나셨군요. 페이스는 0분 0초입니다. 힘내세요!"

씩씩한 안내음이 드문드문 나왔다. 응원과 격려의 말도 나왔다. 2킬로미터를 지나고 3킬로미터를 지나자, 몸이 조금 풀리는 느낌이 들었다. 평소 연습할 때도 느끼지만 약 3킬로미터 정도를 달리고 나면 그다음은 몸이 저절로 알아서 가는 느낌이다. 무슨 일이든 시작이 어렵다. 하지만 일정 시간을 견뎌내고 나면 그다음은 그리 어렵지 않다. 마치 자전거를 탈 때와 같다. 처음엔 힘겹지만, 바퀴를 굴리고 나면 그다음 자전거는 조금만 힘을 주어도 앞으로 나아간다. 달리기도 비슷했다.

일정하게 뛰어갔다. 가다가 보니 약 4킬로미터 지점에서 먼저 손이 더워지기 시작했다. 끼고 있던 장갑을 벗어

주머니에 넣었다. 양손이 시원했다. 멈추지 않고 계속 뛰었다. 평소 가던 곳보다 조금 더 강을 따라 올라갔다 그래야 10킬로미터를 채울 수 있을 것 같았기 때문이다. 한참을 간 후 다리를 지나 강 건너편으로 넘어갔다. 이제는 강을 따라 내려오는 방향이다. 조금 더 뛰다 보니 몸 전체가 더워지기 시작했다. 달리면서, 입고 있던 잠바를 벗어 허리춤에 맸다. 쉼 없이 계속 뛰어 강 아래로, 아래로 내려왔다. 5킬로미터 알림음이 나오고 이어서 6킬로미터, 7킬로미터 계속되었다. 이상하게도 힘든 느낌이 거의 들지 않았다. 평소처럼 뛰었다. 8킬로미터, 9킬로미터 드디어 10킬로미터 가까이 왔다. 내 다리는 오히려 점점 더 빨라졌다.

"축하합니다! 10킬로미터를 완주하셨습니다. 페이스는 1시간 1분 58초입니다."

완주 안내가 나왔다. 드디어 달리기를 멈췄다. 한 시간 넘게 쉴 새 없이 달렸다. 만족스러운 기록이었다. 가쁜 숨을 골랐다. 다리가 조금 뻐근하긴 했지만 그리 힘들지 않았다. 해냈다는 기쁨에 마음이 붕 날아올랐다. 바로 이어, 이렇게 강변을 한 바퀴만 더 돌면 하프도 가능하겠다는 생각이 들었다. 기운이 남아돌았다. 곧 한 바퀴 더 돌 수도 있을 것만 같았다.

집으로 돌아오는 길에는 양쪽 겨드랑이 쪽이 조금 아팠다. 팔을 그렇게 오랜 시간 앞뒤로 흔들어서인 것 같았다. 이상하게 다리는 하나도 아프지 않았다. 마지막 1킬로미터를 뛸 때의 기분이 아직도 생생하다. 마음이 성취감과 자신감으로 충만해졌다. 나의 첫 마라톤, 런데이 앱에 거리와 코스, 페이스가 고스란히 남아 있어 언제 어디서든 바로 확인 할 수 있다. 지치고 힘든 날이면 이 기록을 한 번씩 들춰 보게 된다. 그날의 기분이 느껴진다.

단축 마라톤 10킬로미터 완주는 나에게 큰 자신감을 안겨 주었다. 여전히 코로나로 우울한 시기였지만 달리기로 이겨 냈다. 몸이 건강해진 것은 물론이고 마음도 점점 강해졌다. 표정이 밝아지고 하루하루가 설레고 신났다. 그날은 가족들의 축하도 받았다. 가족 단톡방에 모바일 완주증과 달리기 코스와 거리, 페이스가 기록된 사진을 올렸다. '엄마가 10킬로미터를 뛰었다고요?'라며 아들은 믿을 수 없다는 듯 카톡을 보내왔다. 남편과 딸은 축하 이모티콘을 날려 줬다. 내 나이 오십이었다. 오십에 내가 달리기하고 마라톤 대회에 참가하게 될 줄은 몰랐다.

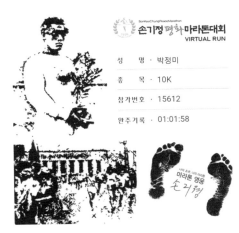

2020년 손기정 평화 마라톤 기록증

단축 마라톤 10킬로미터 완주는
나에게 큰 자신감을 안겨 주었다.

2. 포기하지만 않으면 좋은 일이 온다

2021년 11월 28일 마라톤 대회에 두 번째로 참가했다. 첫 번째와 같은 손기정 평화 마라톤 대회다. 두 번째는 처음보다 훨씬 의미 깊었다. 왜냐하면 신청을 해 놓고 몇 번이나 포기하려다 결국 해냈기 때문이다. 계획했던 일을 포기하지 않고 실행했을 때 오는 만족감은 바로 실행했던 첫 번째 마라톤보다 훨씬 컸다. 두 번째 마라톤을 계기로 어떤 일이든 포기하지만 않는다면 반드시 좋은 결과가 온다는 사실도 알게 되었다.

첫 번째 마라톤을 마치고 그해 겨울은 제법 재미있게 달렸지만 봄이 오면서부터 어쩐지 달리기가 시들해졌다. 헬스를 다시 다니기 시작했다. 여전히 코로나가 계속되고 있었지만 실내 운동 시설 이용도 가능해졌다. 달리기는 유산소 운동이었다. 나이가 들어가면서 근력 운동을 많이 해 주어야 근육을 유지할 수 있고 건강에 좋다는 사실을 알고 있었다. 달리기 운동만으로는 안 되겠다 싶어서 헬스를 다시 다니기 시작했다. 그래도 달리기를 놓치고 싶지는 않았다. 계속해 오던 온라인 모임도 유지되고 있었다. 그만두려니 아쉬웠다.

헬스는 시에서 운영하는 곳에 다녔다. 그곳에 다니면서 헬스장에 운동하러 들어가기 전 시민 운동장 내에 있는 대운동장 안의 트랙을 돌았다. 10분간 큰 트랙을 따라 뛰거나 걸었다. 10분 운동은 헬스를 시작하기 전 준비 운동이 충분히 되어 줬다. 그다음 헬스장 안으로 들어가 운동했다. 어떤 날은 헬스를 다 마치고 난 뒤 운동장으로 가서 마무리 운동으로 30, 40분씩 뛰기도 했다. 안전한 트랙에서 뛰면 마치 진짜 달리기 선수가 된 기분이 들기도 했다. 헬스를 시작하면서는 헬스가 주운동이 되어 버렸다. 달리기는 보조 운동밖에 되지 않았다. 달리기에 약간 흥미가 떨어졌다.

2021년 봄이 되자 손기정 재단에서 문자가 왔다. 11월에 있을 마라톤 대회 안내가 봄에 미리 왔다. 코로나가 여전히 기승을 부리던 시기였고 이번에도 가상으로 진행될지 현장 대회로 진행될지는 아직 미지수라는 설명이 덧붙여져 있었다. 아무 고민 없이 의욕만으로 덥석 신청했던 처음과 달리 고민이 좀 되었다. 만약 서울에서 열린다면 서울까지 가야 했다. 서울까지, 마라톤 참가를 위해 간다는 것은 생각만으로도 어려워 보였다. 그렇지 않고 가상 마라톤으로 작년과 같이 가상으로 진행된다면, 한번 해 봤는데 똑같이 또 혼자서 하는 것이 무슨 의미가 있을까 싶었다. 며칠 고민을 하다가 그래도 해 보자는 쪽으로 마음이 기울었다. 신청했다. 신청하면 연습도 당연히 더 하게 될 것만 같았다.

하지만 그런 내 생각은 빗나갔다. 여름 동안은 그럭저럭 헬스와 병행을 하면서 달리기 운동을 했다. 가을에 접어들면서 여러 힘든 일들이 생겼다. 그러면서 운동을 조금 등한시하게 되었고 체력도 많이 안 좋아졌다. 여전히 10분 달리기는 하고 있기는 했지만 10킬로미터 대회에 참가하려면 연습량이 더 필요했다. 그 당시 시간적 여유도 마음의 여유도 없이 바쁜 일이 계속 생겼다. 마라톤 대회 날짜가 바짝 다가왔지만, 의욕도 흥미도 나지 않았다. 슬그머니 '에잇, 이번에는 그만둬야겠다.'라는 마음이 생겼다. 참가비도 이미 내고 신청은 해 두었지만, 이번에도 역시 아무에게도 알리지 않았었다. 참가하고 싶은 마음이 점점 사라졌다.

얼마 뒤 주최 측으로부터 대회가 가상 마라톤으로 결정되었다는 알림이 왔다. 뛰지 못할 것 같았다. 연습을 잘하지 않았다. 대회 준비에 정성을 들이지 않았다. 뛰어 봐야 가끔 3킬로미터 정도 뛰고 조금 걷기만 지속했을 뿐이라서 자신감이 많이 떨어졌다.

고민을 거듭하던 어느 날, 여전히 10분 걷기를 하고 집으로 돌아오며 생각을 해 봤다. 포기를 하는 것이 과연 맞을까 아니면 참가하는 것이 맞을까를 오래 생각했다. 그래도 하기로 한 건 해야지 싶었다. 누가 알든 모르든 상관없이 그것은 나와의 약속이었고, 그 약속을 지켜야 한다는 생각이 들었다. 결국, 마라톤 대회 날, 과연 내가 10킬로미터를 완주할 수 있을까 하는 걱정과 불안한 마음을 가진 채 다시 출발 선상에 섰다. 의욕이 넘치던 첫 번째 대회와 완전히 다른 마음이었다. 나 자신과 한 약속을 지켜 내자는 마음과 해내지 못할 것 같다는 두 가지 마음이 함께 뒤섞여 있었다.

두 번째 대회 날은 첫해보다 보름 정도 늦은 날짜여서인지 한층 더 추웠다. 손이 시리고 한기가 느껴졌다. 또 홀로 두 번째 대회를 시작했다. 지난번과 같은 코스였으나 이번에는 강을 따라 조금 덜 올라갔다. 적당한 곳에서 방향을 바꾸어 내려왔다. 처음부터 힘겨웠다. 코스의 반 이상을 돌면서 다리가 아프기 시작했다. '조금만 더 참자.' 마음속으로 다짐하며 뛰었다. 뛰고 뛰다 보니 어느 순간 10킬로미터 지점이 다가오고 있었다. 이번에는 강을 따라 멀리까지 가지 않았기에 출발점까지 되돌아왔는데도 10킬로미터를 다 채우지 못했다. 출발점을 지나쳐서 한참을 더 달려야 했다. 도대체 어디까지 가야 할지 몰랐다. 답답했다.

멈추고 싶었다. 하지만 멈출 수 없었다. 계속 뛰었다. 결국 10킬로미터를 알리는 안내음이 나왔다.

1시간 5분 57초. 첫해보다 4분이나 늦었다. 하지만 기쁨은 첫해보다 훨씬 컸다. 고비를 넘겼기 때문이다. 하기 싫은 마음, 포기하려던 마음, 약해지려던 마음을 결국 다 이겨 냈다. 나와의 약속을 지켰다. 온몸이 기쁨으로 넘쳤다고 하면 과장된 표현일까? 진짜 기뻤다.

이날도 셀카를 많이 찍었다. 강변에는 서리가 하얗게 내렸고, 입김이 훅훅 뿜어져 나오던 초겨울 일요일 아침이었다. 아무도 알아주는 사람 없었다. 박수 쳐 주는 사람, 환호하는 사람 없었지만, 스스로 큰 박수를 보내며 두 번째 '홀로 마라톤'을 마치고 집으로 돌아왔다.

이제까지 총 다섯 번 마라톤 중 두 번째 참가한 이날 마라톤은 가장 안 좋은 페이스다. 그럼에도 나는 이 마라톤이 가장 기억에 남는다. 고비를 넘지 못했으면, 세 번째, 네 번째 그다음 마라톤은 없었을 것이다. 살다 보면 무슨 일이든 포기하고 싶을 때가 온다. 그럴 때 포기하지 말고 조금만 참아 내라고 말하고 싶다. 포기하고 싶은 순간을 이겨 내면 반드시 좋은 결과가 온다. 달리기를 통해서 배웠다.

2021년 손기정 평화 마라톤 기록증

포기하고 싶은 순간을 이겨 내면
반드시 좋은 결과가 온다.

3. 실행하기 전 모든 걱정은 기우일 뿐

2022년 10월에는 우리나라 3대 마라톤 대회 중 하나인 춘천 마라톤에 참여했다. 코로나가 어느 정도 완화되어, 대회가 3년 만에 현장에서 진행된다는 소식을 들었다. 대회에 참가하려면 차를 타고 두 시간이나 넘는 거리를 가야 했다. 참가 여부를 앞두고, 우선 장거리 운전이 부담됐다. 두 번이나 가상 마라톤으로 혼자 했기 때문에, 현장 마라톤에 참여하며 현장의 열기를 느껴 보고도 싶었다. 가기 전에는 과연 혼자 고속도로를 타고 운전해서 갈 수 있을지 걱정이 많았다. 결국 대회에 참가하고 무사히 완주하고 돌아왔다. 참가하기 전 온갖 고민은 기우에 불과했다. 이 대회를 통해서는 아무리 어려워 보이는 일이라도 직접 해 보면 별거 아니라는 사실을 알았다.

새벽 4시 잠에서 깼다. 긴장되어서인지 잠을 제대로 못

잤다. 소파에서 조금 졸다가 정신을 차렸다. 아침 대용으로, 냉동실에서 영양 떡 하나를 꺼내 가방에 넣었다. 전날 미리 싸둔 가방을 들고 5시쯤 되어 집을 나섰다. 차는 출발하기 쉽도록 도로변에 미리 주차해 두었다. 차를 타고 내비게이션을 켰다. 예상 주행 시간이 2시간 10분이라고 나온다. 캄캄한 새벽 아파트를 빠져나와 춘천을 향했다.

혼자서 고속 도로를 타고 어딘가로 떠나는 일은 처음이었다. 장거리는 거의 남편과 함께 움직였고, 운전은 대부분 남편이 했다. 내가 직접 운전하는 일은 드물었다. 춘천 마라톤을 준비하며 가장 큰 걱정은 뛰는 것보다도, 혼자서 그 먼 길을 어떻게 하면 안전하게 잘 다녀오는가 하는 것이었다. 이미 두 번의 마라톤 참가 경험으로 뛰는 것은 별로 걱정 없었다.

춘천에 거의 도착하자 날이 밝아 왔다. 도로는 이미 통제가 시작되었고 뭔가 거리가 어수선한 느낌이 행사장 분위기가 느껴졌다. 주차장으로 들어가는데 벌써 짧은 반바지와 알록달록한 신발을 신은 사람들이 드문드문 보였다. 한눈에 봐도 마라톤 참가를 위해 온 사람들이다. 마음이 콩닥거렸다.

주차장까지 무사히 도착했다. 한시름 놓았다. 가져갔던 떡을 먹고 물을 마셨다. 사람들이 삼삼오오 대회장으로 걸어가는 모습이 보였다. 나도 얼른 가방을 챙겨 차에서 나왔다. 사람들을 따라갔다. 약 20분쯤 걸어 대회 장소에 도착했다. 미리 온 사람들로 이미 대회장은 북적이고 있었다.

춘천 마라톤에 참여하게 된 계기는 온라인 자기 계발 카페 덕분이다. 거기에서 춘천 마라톤 단체 참가 소식을 접했고, 신청했다. 그날 온라인으로만 알던 회원들을 직접 만났다. 약 40명이 참가했다. 온라인 모임에서 알던 사람을 오프라인으로 직접 만난 것은 처음이다.

인사를 나누고 단체 사진을 찍은 뒤 함께 출발 지점으로 이동했다. 출발 지점은 사람들로 빽빽했다. 준비 운동을 따라 하고 출발을 기다렸다. 조금 긴장되었다. 풀코스와 하프 코스에 이어 10킬로미터 출발 차례였다. 행사장에 가면 분위기에 휩쓸려 무리하게 된다는 소리를 많이 들었다. 그랬기에 초반에 천천히 달리자고 의도적으로 마음먹었다. 출발을 알리는 총성이 울렸다.

"와!"

함성과 함께 모든 사람이 일제히 움직이기 시작했다. 음악을 크게 틀고 뛰는 사람, 파이팅을 외치는 사람, 특이한 옷을 입고 뛰는 사람 등 각양각색의 사람들로 거리는 온통 시끌벅적했다. 요란스러운 소리가 시장을 방불케 했다.

주로는 완만한 오르막과 내리막이 계속 반복되었다. 평지는 거의 없었다. 출발한 지 얼마 지나지 않아 조금씩 걷는 사람이 보였다. 초반 시끌벅적하던 분위기는 점차 사그라들었다. 한참을 달려가자, 요란하던 주변이 어느 순간 조용해졌다. 아스팔트 위를 내딛는 사람들의 발소리, 거친 숨소리만 들릴 뿐이었다. 4킬로미터 지점쯤 급수대가 나왔다. 평소라면 뛸 때 물을 마시지 않는데 그날은 갈증이 났다. 테이블 위에 놓인 종이컵을 낚아채 물을 한 모금 빠르게 마시고 지나갔다. 5킬로미터 반환점을 돌아 뛰고 또 뛰었다. 이제 나머지 반만 가면 된다는 생각에 마음이 조금 가벼웠다. 햇빛은 따갑고, 사방은 조용했다. 묵묵히 뛰는 사람만 있었다. 초반에 보이던 사람이 다시 보이기도 하고, 어느 순간 사라지기도 했다. 한참을 뛰고 있을 무렵, 멀리서 북소리 꽹과리 소리가 희미하게 들려왔다. 앞으로 달려 나갈수록 그 소리는 점점 크게 들려왔다. 골인 지점이 가까워져 온다는 것을 직감적으로 알았다. 드디어 저 멀리 골인 지점이 보이기 시작했다.

손목에 찬 시계를 봤다. 평소보다 조금 빠른 시간에 들어온 것 같았다. 그 순간 조금만 더 빨리 뛰면 내 기록을 경신할 수도 있겠다는 생각이 번개처럼 들었다. "달려!" 나도 모르게 순간적으로 입에서 짧고 강한 말이 튀어나왔다. 전력 질주하기 시작했다. 앞섰던 사람들을 하나둘 제치며 힘차게 나갔다. 양팔과 양다리에 온 힘을 실어 뛰었다. 마치 내 두 다리에 모터라도 달린 것 같았다. 이를 앙다물고 폭발적으로 달렸고 드디어 결승선을 통과했다. 1시간 1분 49초. 페이스 6분 10초였다. 이전 마라톤 때보다 8초 더 단축했다.

도착 지점은 다리 근처였다. 다리가 좁아서 많은 사람에게 떠밀려 앞으로 나갈 수밖에 없었다. 사람들 무리에 끼여 밀려가다 보니 엉뚱한 장소에 도착해 있었다. 일행을 찾아야 했다. 그곳에 짐과 휴대폰이 있었다. 처음 만났던 장소를 찾아가야 하는데 어딘지 도통 찾지를 못했다. 이리저리 가 보았지만, 아무리 찾아도 일행이 보이지 않았다. 당황스러웠다. 휴대폰이 없으니 연락할 길도 없었다. 손목시계를 봤다. 식당으로 이동하기로 한 11시 30분이 넘어가고 있었다. 애가 탔다.

난처한 상황에서 길을 배회하다 천만다행으로 회원 한 분을 만났고 그분을 따라 처음 모였던 장소로 갈 수 있었다. 그곳은 다리 쪽이 아니라 도로 건너 반대편이었다. 그걸 모르고, 다리만 왔다 갔다가 했다.

일행을 따라 식당에 도착했다. 테이블 위 둥그런 철판에는 이미 닭갈비가 먹음직스럽게 볶아져 있었다. 맛있는 냄새가 코를 자극했다. 아침에 작은 영양 떡 하나 먹은 게 다였다. 그제야 허기가 찾아왔다. 허겁지겁 닭갈비를 먹었다. 점심을 먹고 나오자, 밖에는 비가 내리고 있다. 사람들과 인사를 나누고 헤어졌다.

차가 주차된 곳까지는 꽤 멀었다. 비를 맞고 걸어가야
했다. 가늘던 빗방울이 점점 굵어졌다. 주변에 편의점이라
도 있었다면 우의라도 샀을 텐데, 보이지 않았다. 빗방울
은 점점 더 굵어졌다. 비를 맞으며 한참을 걸어서 겨우 주
차장에 도착할 수 있었다. 주차장 끝에 세워 놓은 내 차가
보였다. 다른 차들은 이미 거의 빠져나갔고 주차장엔 휑한
적막만 감돌았다. 얼른 차로 들어가 수건으로 대충 옷에
있는 물기를 닦았다.

오는 길에는 고속도로 휴게소에 들러 화장실도 다녀오
고 따끈한 바닐라라테도 한잔 샀다. 비를 맞아 으슬으슬했
던 몸이 따뜻한 커피 한 모금이 들어가니 살 것 같았다. 그
제야 마음이 풀리고 여유가 찾아왔다. 돌아오는 차 안에서
는, 나도 모르게 노래를 흥얼거렸다. 해냈다는 자신감과
뿌듯함, 뭐라 말할 수 없는 평온한 기분이 들었다. 또 하나
마음먹었던 일을 이루었다. 하면, 할 수 있었다. 실행 전
머리로만 하던 걱정은 행동으로 옮기자 사라졌다. 충분히

할 수 있다. 나에게는 해낼 힘이 있었다.

2022년 춘천 마라톤 완주 기념 메달

실행 전 머리로만 하던 걱정은
행동으로 옮기자 사라졌다.

4. 엄마가 해냈어!

2022년에도 손기정 마라톤에 참여하고 싶었다. 코로나가 완화되면서 드디어 현장 마라톤이 열리게 되었다. 주최 측에서는 이번에는 현장 마라톤과 가상 마라톤 두 가지 방식으로 진행된다고 했다. 그냥 하던 대로 이곳에서 편하게 혼자서 할지 아니면 서울까지 직접 가서 참가해야 할지 고민했다.

서울까지 단지 '달리기'를 하러 간다는 일이 여간 부담되는 것이 아니었다. 당일 갔다 올 수 있는 춘천 마라톤과 또 달랐다. 경기에 참여하려면 서울에서 1박을 해야 했다. 새벽 일찍 올라간다고 해도 무리였다. 결국 1박 일정을 계획했고, 해냈다. 춘천 마라톤과 마찬가지로 이 대회 또한 도전하기 전 온갖 걱정이 들었다. 하지만 참여하고 나서 또 한 번 큰 자신감을 얻었다. 할지 말지 고민될 때는 하는 것이 맞다.

마라톤 참가를 결정하고 숙소부터 검색했다. 잠실 운동장 주변 숙소를 한참을 찾아서 겨우 적당한 곳을 골라 결제했다. 혼자 가는 것은 아무래도 힘들어 같아 딸에게 함께 가 줄 것을 부탁했다. 딸은 흔쾌히 승낙했다. 딸은 타지에서 대학에 다니고 있다. 대회 전날 숙소에서 만나기로 했다. 서울에서 지하철 타고 숙소까지 어떤 경로로 갈지 네이버 지도를 보고 또 봤다.

대회 전날 점심 식사 후 예매해 둔 ktx를 탔다. 서울은 몇 년 만에 가 보았다. 아이들이 어릴 적에는 오빠네가 서울에 있어 가끔 갔었다. 하지만 아이들이 자라고, 또 몇 년 전에 오빠가 지방으로 이사 가면서는 서울에 갈 일이 거의 없었다. 지하철 타기가 낯설고 어색했다. 딸과는 거의 밤 10시 넘어서야 숙소에서 만날 수 있었다. 다음날 대회를 위해 수다는 뒤로한 채 잠이 들었다.

다음 날 아침 딸과 함께 숙소를 나섰다. 대회 장소인 잠실 운동장까지는 숙소에서 걸어서 약 20분 정도 걸렸다. 운동장이 다가오자 벌써 삼삼오오 달리기 복장을 한 사람들이 보이기 시작했다. 안내 요원의 안내에 따라 주 운동장으로 들어섰다. 잠실 운동장에 태어나 처음으로 와 봤다. 벌써 많은 사람이 도착해 있었다.

"둥둥 두 둥 둥둥!"

주 무대에서는 식전 특별 행사로 난타 공연이 열리고 있었다. 운동장 안 커다란 전광판에는 신나게 북을 두드리는 사람들 모습이 보였다. 웅장한 북소리는 분위기를 압도하고도 남았다. 대회에 참가하기 위해 모인 사람들로 운동장 안은 이미 북적이고 있었다. 그 광경을 목격하기 전까지만 해도 '내가 서울까지 와서 괜한 짓을 하는 건 아닌가?' 하는 생각이 사실은 들었었다. 하지만 운동장에 들어서 마라톤 대회 현장의 그 뜨거운 열기를 온몸으로 느끼는 순간 그 생각은 '잘 왔구나!'로 확 바뀌었다.

번호표를 배에 부착하고 기록 칩을 운동화 끈에 묶었다. 짐은 딸에게 맡기고 참가자 무리가 서 있는 곳으로 들어가서 줄을 섰다. 앞뒤 옆 할 것 없이 사람들로 빽빽했다. 무대에서 세 명의 진행 요원이 신나는 음악에 맞춰 간단한 스트레칭과 준비 운동을 시켜줬다. 잠시 뒤 온 구간부터 출발이 시작되었다. 출발을 알리는 총성이 울렸다. 함성과 함께 앞에 서 있던 온 구간 참가자들이 뛰어나갔다. 다음은 하프 출전 선수들이 빠져나갔다. 마지막으로 10킬로미터 우리 차례였다. 살짝 긴장감이 느껴졌다.

일요일 아침 서울 도심 한가운데를 뛰었다. 뛰고 있는 반대편 도로에는 차량이 움직이고 있었다. 경찰이 군데군데 서서 호루라기를 불며 거리를 통제했다. 피켓을 들고 응원하는 사람들도 보였다. 인도에 서서 뛰고 있는 우리를 향해 박수를 보내며 파이팅을 외치는 사람도 있었다. 주위는 높은 빌딩들이 주로 보였다. 지난달 춘천 마라톤 때 와는 많이 다른 풍경이다. 그곳에서는 낮은 건물들과 자연 풍경이 주로 보였었다. 참가자들도 많이 다르게 느껴졌다. 춘천에서는 중·장년층이 많았다면 이곳에서는 젊은 사람들이 많았다. 속도도 달랐다. 다들 얼마나 빨리 뛰는지 뒤에서 오던 사람들이 나를 제치고 휙휙 앞으로 지나갔다. 속으로 또 한 번 다짐했다. '끝까지 뛰려면 초반에 절대 무리하면 안 돼, 나는 나의 속도로 가는 거야.'

컨디션이 좋은 상태가 아니었다. 다리도 뻐근하고 머리도 띵한 느낌이었다. 달리는 내내 '혹시 이곳에서 사고라도 난다면 어떻게 될까.'라는 생각이 들었다. 이 나이에, 서울까지 와서, 달리기하다가, 어찌 되는 불상사는 절대 일어나서 안 되었다.

잠실 대교가 가까워졌다. 다리를 건너자 반환점이 보였다. 그곳을 돌아, 왔던 곳으로 가면 된다. 뛸수록 몸이 풀렸다. 뛸수록 머리도 덜 아프고, 다리도 별로 당기지 않았다. 문득 '내가 어떻게 서울까지 와서 지금 달리고 있는 거지?'라는 생각이 들었다. 눈물이 핑 돌았다. 고민과 갈등이 있었지만, 결국 원하던 일을 하고 있었다.

반환점을 넘기면 언제나 힘이 났다. 이제 반만 가면 된다는 안도감에 속도를 점점 높이기 시작했다. 처음부터 무리하지 않았기에 아직 에너지가 남아 있었다. 이제 제대로 뛰어볼 차례였다. 더 힘차게 뛰었다. 주위는 아랑곳없이 달려 나갔다. 도착점이 가까워졌다. 그때, 어디선가 음악 소리가 들리기 시작했다.

땀에 푹 젖은 옷을 입고 뛰고 있는 커플이 보였다. 남자의 한 손에는 둥그런 스피커가 들려 있었다. 여자는 그 옆에서 붉게 상기된 얼굴로 고개를 떨구고 땅을 보며 힘겹게 뛰고 있었다. 마치 코치와 선수 같았다. 스피커에서 음악이 흘러나오고 있었다.

"하늘을 날아가는 기분이야 죽어도 상관없는 지금이야 심장은 터질 듯이 예술이야, 이런 날이 올 줄이야 이런 날이 올 줄이야."

가수 싸이의 〈예술이야〉라는 노래였다. 스피커에서 울려 나오는 그 노래를 듣자, 마치 가뭄에 단비를 만난 듯 지쳤던 몸이 확 살아나는 듯했다. 음악 소리를 놓칠세라 노래가 거의 끝날 때까지 그 커플 뒤를 바짝 쫓아갔다. 음악소리와 그 커플 덕분에 힘을 낼 수 있었다. 나보다 빠른 그들은 저 멀리 사라졌다. 나는 다시 마음을 가다듬고 내 페이스를 유지하며 뛰었다.

골인 지점이 다가왔다. 출발했던 운동장으로 들어섰다. 온 힘을 짜내어 막판 속도를 올렸다. 앞서 뛰던 사람들을 제치며 결승점을 통과했다. 56분 48초. 한 시간 안에 들어왔다. 내 최고 기록을 깼다.

딸한테 뛰어갔다. 관중석에 있는 딸을 향해 양팔을 위로 뻗어 힘차게 흔들었다. 딸이 사진을 찍어 줬다. 함박웃음 짓는 내 모습이 사진에 담겼다. 그날 잠실 운동장을 빠져나오며 딸은 좋은 경험을 했다며 나에게 고마워했다. 자신도 나중에 참가해 봐야겠다고도 말했다. 딸과 함께 좋은 추억을 남길 수 있었다.

서울 마라톤 참가는 무사히 마칠 수 있었다. 하고자 하는 일을 또 하나 해냈다. 동네 강변을 뛰다가 어쩌다 서울까지 가서 도심 한복판을 뛰게 되었다. 나의 세계가 확장되었다. 물리적인 공간뿐 아니라 내 마음의 영토까지 확장되는 기분이다. 마라톤 대회를 하나하나 치르면서 더욱 성장했다. 어떤 일이든 시도하고 노력하면, 못 해낼 것도 없다.

2022년 손기정 평화 마라톤 완주 직후

어떤 일이든 시도하고 노력하면,

못 해낼 것도 없다.

5. 달리기 덕분이다

　서울 마라톤은 3월에 열린다. 동아 마라톤이라고도 불리는 이 대회는 우리나라 3대 마라톤 대회 중 하나다. 참여해 보고 싶은 마음이 들었지만, 쉽게 시간을 낼 수 없었다. 3월은 새 학기라 바쁜 달이다. 마라톤에 참여하기 위해 서울까지 갈 마음의 여유가 없었다.

　달리기 모임 회원 한 분이 그 대회에 참가한다고 했다. 그 회원은 인생 첫 마라톤 10킬로미터 완주를 목표로 가을부터 겨울을 거쳐 봄까지 연습해 오던 분이다. 그분의 서울 마라톤 참여 소식을 듣고, 같이 참여해야겠다고 생각했다. 조금 무리라고 생각되었지만 참가하기로 했다.

　숙소부터 잡았다. 검색을 통해, 대회가 열리는 올림픽 경기장 주변에 괜찮은 숙소를 발견했다. 올림픽파크텔이다. 올림픽파크텔은 1988년 서울 올림픽 때 지어진 건물로

2022년에 증·개축했다. 연회나 세미나 행사장으로 이용되는 곳이었다. 가격도 저렴하고 올림픽 경기장 바로 옆에 있어서 숙소로 가장 적당했다.

지난번 손기정 마라톤에서는 딸과 함께 갔지만, 이번에는 그럴 수 없었다. 새 학기라 딸도 바빴다. 같이 가자고 부탁하지 못했다. 혼자서 갈 수 있을까 고민이 되었지만, 한 번 가 보기로 했다. 태어나서 이제껏 어디를 혼자서는 한 번도 떠나 보질 못했다.

대회 하루 전날에는 잠실 교보문고에서 자이언트 박경아 작가의 저자 사인회가 있었다. 교보문고도 한 번도 가보지 못한 곳이다. 토요일에는 사인회에 참석하고 다음 날 서울 마라톤에 참여하고 내려오는 걸로 일정을 잡았다.

사인회도 처음으로 가 봤다. 지하철을 타고 잠실 교보문고로 찾아갔다. 글쓰기 공부를 하며 줌 화면으로만 보던 분들을 직접 뵐 수 있었다. 교보문고에서 한 시간 반 정도 사인회가 진행되었고 근처로 장소를 옮겨 2차 뒤풀이가 있었다. 그래도 알아봐 주는 분들이 있어서 그나마 어색함이 덜했다. 오고 싶던 곳에 올 수 있다는 사실 자체로 좋았다. 두 시간 정도 시간을 보내고 마음이 급해졌다. 빨리 숙소에 도착해야만 안심할 수 있을 것 같았다. 분위기를 살피다가 6시쯤 인사를 하고 행사장을 나왔다.

네이버 지도 검색을 해 봤다. 올림픽파크텔까지 그리 멀지 않았다. 걸어서 약 30분 정도 걸리는 것으로 나왔다. 걸어가 보기로 했다. 짐을 최소한 줄인다고 줄였는데도 가방이 무거웠다. 저자 사인회에서 기념품과 선물로 받은 게 많았다. 무거운 가방을 메고 핸드폰 네이버 지도를 보며 지도가 가리키는 곳으로 한참을 걸었다. 드디어 숙소가 나왔다. 체크인하고 8층으로 올라갔다. 카드를 꽂고 객실로 들어갔다. 테이블 위에 가방을 놓고 침대에 털썩 앉았다. 그제야 긴장이 풀렸다.

싱글 침대가 두 개가 놓인 객실이었다. 공간이 꽤 넓었다. 고친 지 얼마 안 되어서인지 침대며 테이블 커튼 등 모두 깔끔한 느낌이 들었다. 화장실도 확인하고 옷장 문도 열어 보았다. 이곳에서 나 혼자 묵는다고 생각하니 자꾸만 웃음이 났다. 꿈만 같았다. 한 번 더 객실 구석구석을 둘러본 뒤 짐을 풀었다. 창가 아래에 작은 원목 책상이 있었다. 책상 위 조명을 켜자 아늑한 분위가 되었다. 책상 앞에 앉았다. 혼자서 여행을 떠나 보기는 태어나 처음이었다.

테이블에 앉아 저자 사인회에서 받은 선물들을 하나씩 풀어 보았다. 사인회에서 구매한 『1센티미터의 미학』을 펼쳤다. 책을 읽었다. 얼마 안 읽자, 작가가 배움을 위해 홀로 미국으로 떠난 이야기가 나왔다. 그날을 기념하여 스스로 '독립 기념일'이라고 칭했다고 하는 부분에서 눈길이 멈췄다. 오십 년 만에 혼자 여행을 떠난 그날은 나의 '독립 기념일'이라 할 만했다. 태어나 한 번도 느껴보지 못한 해방감을 느꼈다. 드디어 내가 나의 주인이 된 것만 같았다.

그동안 해외여행을 몇 번 다녀왔다. 유럽 여행도 두 번이나 다녀올 수 있었다. 남편 회사 동료팀들과 부부 동반으로 한 번, 남편 친구 부부들과 한 번 패키지여행을 다녀왔다. 물론 재미나고 좋았다. 하지만 그때는 단체 여행이었다. 내 의지보다는 남들이 하고자 하는, 남들이 만들어

놓은 일정에 따라 움직였다. 그때 갔던 유럽 여행보다도 홀로 계획하고 원해서, 오고 싶어서 떠나온 이번 여행이 유럽 여행보다 더 값지다는 생각이 들었다.

혼자서 호텔 숙박이라니. 자꾸만 웃음이 났다. 믿기지 않았다. 아무 방해 요소가 없었다. 오로지 나만을 위한 여행이었다. 다음날 마라톤 대회야 어찌 되든 말든 나 혼자 여행했다는 사실만으로 마음이 충만해졌다. 남편과 아이들에게 잘 도착했다는 카톡을 보냈다. 혼자 심심하지 않냐는 남편의 카톡에 '전혀.'라고 답했다.

다음 날 아침 호텔 조식이 무료였다. 씻고 나서 달리기 위한 복장으로 갈아입었다. 가방을 들고 남겨둔 물건이 없는지 객실을 한 번 둘러본 후 1층 식당으로 내려갔다.

호텔 뷔페는 근사했다. 혼자라는 자유로움 때문일까. 유럽 어느 호텔에 갔을 때보다도 더 음식이 맛있었다. 밥을 먹으러 온 사람들 대부분 가족 단위였다. 혼자 먹는 사람은 나밖에 없었다. 천천히 먹고 싶은 음식을 접시에 담아 왔다. 고기류나 밥을 먹으면 뛰는데 부담될까 봐 채소 위

주로 담았다. 테이블 위에 접시를 올려놓고 사진을 찍었다. 바로 먹지 못하고 접시를 한참 바라봤다.

식사를 마친 후 체크아웃을 하고 나왔다. 거리를 걷는데 벌써 대회장으로 향하는 사람들이 보였다. 사람들을 따라 걸었다. 조금만 걷자, 대회장이 나왔다. 아침부터 음악 소리, 사람들의 소리에 대회장은 들썩였다. 또다시 마음이 뛰기 시작했다. 올림픽 오륜 마크가 보이게 셀카를 찍어 가족 단톡방에 공유했다.

이번에는 혼자 왔기에 짐을 맡겨야 했다. 짐 보관소를 찾아가 가방을 맡겼다. 출발선으로 가서 섰다. 총성이 울리고 사람들과 함께 뛰어나갔다. 신나게 달렸다. 마지막에는 역시나 속도를 올려 빠르게 들어왔다. 55분대로 내 최고 기록을 경신했다.

태어나 처음으로 홀로 떠나 본 여행, 달리기했기에 가능한 일이었다. 달리기는 나에게 자유를 선물해 주었다. 해방감을 느꼈다. 홀로 떠날 수 있었고 누릴 수 있었다. 아직도 그날의 기쁨이 생생하다. 마라톤 참여를 빙자(?)한 혼자만의 여행은 그동안 수고한 나에게 주는 보상과 선물과도 같았다. 한 번쯤은 그렇게 가족을 떠나 홀로 여행해도 된다는 사실을 알았다. 달리기한 덕분이다. 달리기하지 않았더라면 이런 경험을 해 보지 못했을 것이다.

2023년 서울 마라톤

오십 년 만에 혼자 여행을 떠난 그날은
나의 '독립 기념일'이라 할 만했다.

6. 이제는 물에서도 달리기

새로운 도전은 늘 두렵다. 두려움을 뚫고 용기 내어 도전했다. 또 다른 세계가 열렸다. 행동하기 전 모든 걱정은 그저 상상이 만들어 낸 것이 아닐까. 실제로 우리가 걱정하는 일의 대부분은 일어나지 않을 일이라고 한다. 미리 겁먹고 용기 내지 못할 이유가 없다. 도전해 보자.

코로나가 풀리면서 헬스장이 다시 문을 열었다. 달리기 운동을 계속했지만, 달리기는 유산소 운동만 되는 것 같아서 다시 근력 위주의 헬스가 하고 싶어졌다. 시민 운동장 내에 있는 헬스장에 다녔다. 시민 운동장 내에는 수영장이 있었고 요가와 필라테스를 하는 공간도 있었다. 늘 해 오던 대로 헬스를 했다. 요가나 수영을 해 보고 싶다는 마음이 아주 조금 들기는 했다. 하지만 새로운 것은 시도해 볼 생각을 하지 않고 나는 습관적으로 헬스를 하러 다니기 시작했다.

　헬스장에 몇 달쯤 다니다 보니, 회원들이 헬스를 끝내고 수영장으로 향하는 모습을 자주 보게 되었다. 호기심이 생겼다. 남편은 결혼 직후 수영을 시작해서 지금까지 거의 쉬지 않고 해 왔다. 바다수영 대회에 가서 메달도 받아오고, 수영 동호회 회장을 하기도 했다. 아이들 어릴 적 남편이 참가하는 바다 수영 대회에 따라가서, 응원을 해 본 적도 있다. 그럼에도 수영을 내가 직접 해 볼 생각은 조금도 하지 않았다. 주위에 아는 사람들이 수영을 배운다고 할 때도 나는 별로 관심이 없었다.

　수영을 배워야겠다는 생각이 든 것은 2015년 처음으로 가족들과 함께 태국 여행을 갔을 때다. 호텔에는 수영장이 딸려 있었다. 수영할 줄 아는 남편과 딸은 수영장에서 재미있게 노는 반면 수영을 못하는 나와 아들은 물에서 놀지 못하고 아예 물에 들어갈 생각도 하지 않은 채 그 모습을 지켜보기만 해야 했다. 처음으로 '수영을 배웠더라면.' 하는 마음이 들었다.

헬스하러 갈 때 간혹 주차장이 만차가 되어 멀리까지 가서 주차할 때가 있었다. 멀리 차를 세워 두고 헬스장까지 가려면 수영장을 거쳐서 가야 했다. 수영장은 1층에 있었고 통유리창으로 되어 있어서 그 안을 볼 수 있었다. 자꾸만 수영장 쪽으로 눈길이 갔다. 힐끔힐끔 수영장 안을 들여다봤다. 수영장 풍경을 자주 접하게 되자, 자연스럽게 수영이 하고 싶다는 생각이 들었다.

헬스를 그만둘 마음은 없어서, 두 가지를 병행해 보기로 했다. 지금 생각하면 참 무리였구나 싶지만, 당시 운동에 흠뻑 빠져 있을 때라 그것쯤은 얼마든지 할 수 있을 것 같았다. 수영장에 등록했다. 발차기 연습부터 시작해서 강사가 시키는 대로 따라 했다. 강습 시간 한 시간이 금세 갔다. 시작한 지 얼마 되지 않은 것 같은데 어느새 마칠 시간이 되어 있었다. 사흘째 되던 날 몸이 물에 떴다. 마냥 신기했다. 오십 년 넘게 살아오며 내가 물에 뜰 수 있을 줄은 몰랐다. 수영장 가는 길에 콧노래가 절로 나왔다.

호흡법부터 시작해서 팔동작과 발동작을 차례로 배웠다. 빠지는 날이 거의 없었다. 나날이 발전하는가 싶었다.

자유형을 배울 때였다.

"죽을 것만 같아요."

호흡이 죽어도 안 되었다. 킥 판을 놓으면 숨을 못 쉬어서 곧 어떻게 될 것만 같았다. 아무리 연습해도 늘지 않았다. 같이 배우는 사람들은 진도가 쭉쭉 나갔다. 나만 뒤 쳐졌다. 4개월 정도 자유형 배우느라 아주 애를 먹었다. 자연스러운 호흡이 그렇게 어려울 수 없었다.

'수영은 아니구나.' 포기하고 싶은 생각이 들었다. 포기하려니 자존심도 상하고 그동안 배운 게 억울했다. 조금만 더 해 보기로 했다. 되든 안 되든 계속 수영장에 나갔다. 주말에도 가서 몇 시간씩 혼자 연습했다. 남편을 졸라 함께 가서 남편한테 조금 배우기도 했다.

비록 남들보다 느렸지만, 어느 순간 아주 조금씩 나아지는 느낌이 왔다. 자유형이 어느 정도 되었고, 그다음 평영, 배영, 접영까지 완벽하게 하지는 못해도 수영 네 가지 영법을 얼추 다 할 수 있게 되었다. 딱 1년이 걸렸다.

거의 1년 동안 달리기, 헬스, 수영 세 가지를 병행했다. 어느 것 하나도 놓치고 싶지 않았다. 서너 시간을 운동에 할애했다. 내가 무슨 운동선수인가 하는 생각이 들 때도 있었다. 서서히 욕심이 너무 지나쳤다는 생각이 들었다. 세 가지를 다 하기에는 시간을 너무 많이 빼앗겼다.

고민하다가 수영을 접기로 했다. 수영은 시간이 제일 많이 걸렸다. 운동하려면 일단 차를 타고 수영장까지 가야 했고, 수영복을 갈아입고 강습을 받고 다시 정리를 하고 돌아오는 시간까지 거의 2시간은 써야 했다. 재미는 있었지만, 다른 두 운동과 계속 함께 할 수는 없겠다는 생각이 들었다. 지금은 수영을 다니지 않는다.

시작하기 전 모든 도전은 두렵다. 안 해 보던 일을 한다는 것은, 웬만한 결심으로 잘되지 않는다. 달리기하면서 사고가 많이 긍정적으로 바뀌었다. 새로운 도전에 두려움이 많이 줄어들었다. 해 보지 않은 것에 자꾸만 도전한다.

어떤 일을 하기 전 걱정과 염려가 너무 많았다. 걱정만 하느라 시도 하지 않고 시간만 흘려보낸 적도 많다. 하지만 이제는 조금 달라졌다. 뭐든지 시도해 본다. 시작한 일을 쉽게 포기하던 습성도 많이 줄어들었다. 절대 해내지 못할 것 같은 일도 이제는 '할 수 있겠다.'라는 생각으로 점차 바뀌고 있다.

7. 함께 가면 멀리 간다

 달리기를 계속할 수 있었던 것은 친구들이 있었기 때문이다. 직접 보지는 못했지만, 온라인으로 늘 친구들과 함께했기에 달리기를 지속할 수 있었다. 과연 나 혼자였다면 3년이 넘도록 뛸 수 있었을까? 스스로 물어보면, 절대 그럴 수 없었을 거라는 답이 나온다. 몸은 비록 멀리 있지만, 매일 아침 운동 인증을 하면서 보이지 않는 연대감이 생겼다. 서로 잘 알지는 못했다. 오직 카톡으로 소통했다. 온라인 친구들은 서로 운동을 잘할 수 있게끔 도와준 지지자이자 격려자였다.

 2022년 서울에서 열리는 손기정 마라톤 대회 참가를 결정하면서 온라인 달리기 친구들을 만나 보고 싶은 생각이 들었다. 스무 명 남짓 되는 회원 중 일부는 지방에 살고 있었지만, 대부분 회원이 수도권에 살고 있었다. 서울에 가서 마라톤 대회를 참가하게 된다면 그들을 만날 수 있을 거라는 기대가 있었다. 그동안 한 번 오프라인 모임이 있기는 했다. 서울에서 그것도 평일 오전에 모임이 열렸기에, 나는 참가할 수가 없었다.

또 한번은 '서울 나이트 워크'라는 걷기 행사에 단체로 참여한 적이 있다. 주말 밤에 행사가 열렸다. 낮에 개최된다면 어떻게 참여해 볼 마음을 먹을 수도 있었겠지만, 밤새 장거리를 걷는 행사였다. 엄두조차 못 냈다. 걷기 행사 후 단톡에, 참여한 회원들이 함께 찍은 사진이 올라올 때, 무척 부러웠다.

마라톤 대회 참가를 결정한 뒤 참가 사실을 단톡방에 알렸다. 그러자 네 명이 자신들도 신청했다며 반겼다. H님과 Y님은 대회 신청은 하지 않았지만, 나를 만나러 오겠다고 했다.

대회가 끝난 후 잠실 주변 한 식당에서 모였다. 딸까지 다섯 명이 식당에서 맛있는 음식을 시켜 놓고 마주 앉았다. 2년 반 만에 처음으로 얼굴을 봤다. 마치 오래 알아 온 친구 같았다. 많은 이야기가 오갔다. 운동 이야기에서부터 일상 이야기 그리고 아이들 키우는 이야기 등 연령대가 비슷해서 대화가 잘 통했다. 공통된 관심사 달리기에 관한 이야기도 끊임없이 이어졌다.

H님은 늘 나를 믿어 주고 용기를 주던 친구다. 운동에 대한 애정이 각별하다. 달리기 실력도 우리 중 뛰어나다. 헬스를 열심히 해서 멋진 몸을 만들었다. 얼마 전, 보디 프로필 사진을 찍었다며 보여 줬다. 사진 속 그녀는 건강미 넘치고 당당해 보였다.

S님은 아침 운동 인증 사진 외에 주말이나 가끔은 평일에도 걸은 인증 사진을 자주 올렸다. 걸음 수가 이만 보 삼만 보가 될 때도 있었다. 항상 밝게 웃고 있는 모습은 보는 사람 기분까지 좋아지게 했다. 다른 회원들의 글에 공감과 댓글도 많이 달아 준다. 주말이 되면 배낭에 책 한 권 넣고 간식을 챙겨 집을 나선다고 한다. 걷고 걷다가 적당한 곳이 나오면 책을 펼쳐 읽는다고 했다. 그녀에게서는 자유로움이 느껴진다.

H님은 직장인이다. 스쾃 운동부터 시작해서 달리기까지. 오직 온라인 모임만으로 운동을 했다고 한다. 지금은 마라톤 풀코스까지 뛴다. 대단하다는 말밖에 나오지 않는다. 각종 대회도 많이 나갔다. 직장 일의 스트레스를 달리기로 풀었다고 한다. 누구와 함께도 아니고 혼자서 그렇게 운동했다고 한다. 어느 해 겨울은 매일 이른 새벽 장거리 달리기 연습 기록을 꾸준히 올리더니, 봄이 오자 보란 듯이 마라톤 풀코스 대회에 나가서 완주 후 메달을 목에 건 모습을 올렸다. 그 과정을 지켜보았기에 마음 깊이 존경심이 들었다. 그날은 교회를 다녀오는 길이라며 치마를 입고 나왔다. 여리여리한 모습에 조용한 말투를 지녔다. 마라톤 전 구간을 뛸 정도의 강인함은 도대체 어디서 나온 것인지 의아했다.

신나는 이야기에 시간 가는 줄 몰랐다. 우리는 달리기로 엮어진 친구들이었다. 다들 중년에 어쩌다 달리기를 만나 달리기가 생활의 일부로 자리 잡았다. 덕분에 각자 건강한 삶을 살아가고 있다. 무료하고 따분한 일상을 보내는 그런 중년이 아니었다. 활기 넘치고 건강한 중년이었다.

"풀코스를 뛸 때는 어떠셨어요?"
"다음에 또 어떤 대회 함께 나가 볼까요?"
"언제까지 뛰고 싶으세요?"

앞에 있는 음식이 식는 줄도 모르고 우리의 대화는 끝없이 이어졌다. 그녀들은 내가 시골에서 올라왔다고 밥을 사주고 차까지 사 줬다. 그날 만남은 좋은 추억으로 남았다. 나이 들면서 새로운 사람을 만나 친해진다는 것도 쉬운 일이 아니다. 달리기를 통해 친구까지 사귀었다. 나이대도 사는 곳도 다른 사람들과 온라인을 통해 소통할 수 있는 것이 신기하기만 하다. 더구나 운동이라는 공동 관심사로 서로 응원하고 격려하면서 성장할 수 있었다. 코로나여서, 온라인 세상이어서, 오히려 감사하다. 온라인이 발달하지 않았다면 어디 가서 이런 친구들을 만날 수 있었을까.

오늘 아침에도 우리는 각자 있는 곳에서 걷기나 달리기

운동을 한 후 인증 기록을 올렸다. 우스개 반 진담 반으로 늙어서 할머니 되어 걸을 수 없게 된다면, 기어서라도 운동하자고 했다. 친구들이 있기에 멀리 갈 수 있다.

8. 정신력 말고 체력

운동을 꾸준히 하면서 체력이 많이 좋아졌다. 2022년 5월 운동 모임에서 진행했던 '미니 마라톤'을 하던 날이 기억에 남는다. 달리기로 한 약속을 지키기 위해 새벽 4시 정도부터 움직여야 했다. 10킬로미터 달리기를 한 후 바로 이어서 세 시간 동안 줌 강의를 들었다. 강의가 끝난 후에는 시댁에 가서 점심을 해 먹었다. 오후 1시부터는 한자 시험 감독을 했다. 저녁 모임까지 마치고 돌아오니 밤 10시가 넘었다.

예전 같으면 이렇게 많은 일정은 아예 잡지도 않았고 잡았다고 해도 밤이 되면 몸은 파김치가 되었을 거다. 그날은 새벽부터 밤까지 일정을 다 소화하고도 기운이 남았다. 그래서 기억에 또렷이 남는다. 운동을 하며 확실히 체력이 좋아졌다. 예전 같으면 한두 가지 일만으로도 지치고 피곤했을 텐데 지금은 하루에 서너 가지 일을 해도 크게 피로감을 느끼지 않는다.

온라인 달리기 모임에서 한때 한 달에 한 번 날짜를 정해 미니 마라톤을 한 적이 있다. 5킬로미터 또는 10킬로미터 중 자신의 역량에 맞는 거리를 정한 후 각자 있는 장소에서 뛰고 인증을 하기로 했다. 완주 후에는 스스로 자신에게 선물을 주기로 했다. 한창 달리기에 빠져 있을 때라 그 제안이 반가웠다.

그런데 일정을 보니, 그날은 3P 바인더 시간 관리 강의를 듣는 첫날이었다. 강의를 빼먹을 수는 없었다. 강의는 오전 7시부터 10시까지 세 시간이었다. 미니 마라톤은 오전 9시까지라는 마감 시간이 있었다. 두 가지 다 하고 싶었다. 어느 것 하나 포기할 수 없었다.

새벽 일찍 미니 마라톤을 마치면 될 것 같았다. 새벽 4시 30분을 출발 시각으로 잡았다. 긴 거리를 뛰자면 적어도 한 시간 넘게 걸렸다. 달리는 곳까지 오가는 시간과 샤워 시간 그리고 약간의 여유 시간까지 합하면 적어도 4시 30분부터 뛰어야 한다는 계산이 나왔다.

나에게 보상으로 줄 선물은 미리 사 뒀다. 마침 남편이 회사에서 받아온 유명 스포츠 브랜드 상품권이 있었다. 예전 같으면 상품권이 생기면 아이들에게 필요한 것을 먼저 떠올렸다. 이번에는 달랐다. 내가 필요한 것을 고민했다.

신고 있던 운동화가 많이 닳았기에 새 운동화를 샀다. 가격 생각하지 않고 마음에 쏙 드는 운동화로 골랐다. 상품권을 내고도 얼마 더 내어야 했다. 내가 나에게 주는 선물이었다. 그 운동화를 그날 꺼내 신었다. 특별한 날이니만큼 운동복도 늘 입던 후줄근한 체육복이 아닌 평소 잘 입지 않던 쫀쫀한 레깅스를 입었다.

밖은 캄캄했다. 아파트를 벗어나 출발 지점까지 갔다. 우선 새 운동화 신은 발이 잘 나오게 사진부터 찍었다. 간단하게 준비 운동을 하고 뛰기 시작했다. 다행히 가로등이 켜져 있어서 그리 무섭지는 않았다. 이른 시간에 뛰더라도 늘 한두 명의 운동하는 사람이 보였었는데 그날은 너무 이른 시간이라 그런지 근처에 사람이 한 명도 보이지 않았다.

늘 가던 코스로 갔다. 강을 거슬러 올라갔다가 서천교

다리를 건넌 후 다시 내려왔다. 시간이 흐를수록 주위가 점점 밝아졌다. 달리면서 해가 뜨는 모습을 볼 수 있었다. 떠오르는 해를 바라볼 때면 늘 가슴이 벅차오른다.

새 운동화는 쿠션감이 좋았다. 폭신폭신한 신을 신고 뛰니 더 잘 달려지는 것 같았다. 너무 이른 시간이라 몸이 덜 풀려서 조금 피로감은 있었지만, 다행히 10킬로미터를 무사히 완주했다. 5월 말이라고 하지만 새벽은 아직 추웠다. 달릴 때는 몰랐지만 다 달리고 난 후 집까지 걸어오면서 한기가 느껴졌다. 몸은 추웠지만 정신은 또렷했다. 달리고 난 후면 언제나 찾아오는 뿌듯함, 스스로에 대한 대견함, 자신감으로 마음은 그 어느 때보다 따뜻했다.

집으로 돌아온 후 샤워를 하고 실시간 온라인 강의를 들었다. 하나도 피곤하지 않았다. 점심에는 시댁에 가서 밥을 해서 어머님과 함께 먹었다. 점심을 먹자마자 오후 1시까지 한자 시험 감독을 하러 갔다. 감독을 하는 동안에는 의자에 앉을 수도 없고 몇 시간 동안 서 있어야 했다. 다리가 약간 뻐근하긴 했지만, 그래도 크게 힘든 줄을 몰랐다. 집에 돌아와 잠시 쉬었다가 저녁 모임에 나갔다. 집에 돌아오니 밤 10시가 넘어있었다. 새벽 4시부터 움직인 하루였다. 많은 일정을 다 소화해 내고도 멀쩡했다.

예전에는 만사 귀찮고 짜증 나는 일이 많았다. 그렇게 많은 일을 해내지도 못했다. 조금만 움직여도 힘들었다. 체력이 약할 때는 시내 한 번만 나갔다 와도 몹시 지쳤다. 한두 시간 동안은 아무것도 못 하고 가만히 눕거나 앉아 쉬어야 했다. 그렇게 많은 일은 한꺼번에 해낼 엄두가 나지 않았고 하고 싶은 일도 별로 없었다. 하지만, 체력이 좋아지면서 뭔가를 해도 지치지 않으니, 어떤 일이든 자꾸 하고 싶어졌다. 마음이 자꾸만 꿈틀거렸다. 이것도 하고 싶고 저것도 하고 다하고 싶다. 예전 같으면 생각도 못 하던 일들이다.

모든 변화의 바탕에는 체력이 있었다. 체력을 기르니까 불가능하게 여겨지던 일들도 가능해졌다. 의욕이 생기고, 포기하지 않고 버틸 힘도 생겼다. '우리는 정신력이 약한 것이 아니라 체력이 약한 것입니다.' 어딘가에서 들었던 말이다. 와 닿는다. 체력이 우선이다. 체력이 길러지면 정신력은 저절로 따라온다. 나약한 정신을 탓하지 말고 체력부터 기르는 것이 우선이라고 생각한다.

제 5 장

인생은 마라톤이다

1. 나에게 집중하는 시간을 가져라

오늘 아침 달리기를 하러 나갔다. 10월 말이다. 아침저녁으로 제법 쌀쌀하다. 약간 두께감 있는 체육복을 한 벌 입고 손에는 장갑을 꼈다. 아파트를 벗어나 강변으로 내려가지 않고 오늘은 도로 쪽을 향해 갔다. 근처 초등학교를 지나고 전문대를 지나, 큰 다리 앞까지 왔다. 달리기 앱에서 1킬로미터라고 알려 준다.

천천히 다리를 뛰었다. 다리 밑으로 유유히 흐르는 강물을 바라본다. 마음이 고요해진다. 다리를 통과하자, 횡단보도가 나타난다. 신호가 빨간 불이다. 예전 같으면 안달이 났다. 멈추게 되면 페이스가 잘 안 나오기 때문이다. 그러나 지금은 조바심 내지 않는다. 신호 앞에 멈추었을 때, 오히려 쉴 수 있다고 좋아한다.

건널목을 건너 시민 운동장 입구에 들어섰다. 입구 옆

큰 고목 아래는 떨어진 나뭇잎들이 가득하다. 주차장에는 대형 버스들이 몇 대 서있다. 여행을 가는 학생들을 태우려고 대기하고 있는 듯하다. 가방을 멘 아이들이 보인다. 가을날, 어디론가 떠나는 사람이 보인다. 한껏 차려입은 일행이 차 트렁크에 골프채를 싣고 있는 모습도 보인다.

천천히 달려서 남문을 통과해서 대운동장 안으로 들어섰다. 저 멀리 트랙을 따라 걷고 있는 아저씨가 있고, 한 손에는 물병을 들고 친구와 이야기 나누며 걷고 있는 아가씨들도 있다. 나도 트랙 안으로 들어갔다. 빨간 우레탄이 깔린 트랙 가장자리를 천천히 돌기 시작했다.

화창한 날씨다. 하늘이 파랗고 구름 한 점 없다. 햇빛은 적당하다. 운동장 지붕 위로 해가 비춘다. 아직 해가 높이 뜨지 않은 이른 아침이다. 트랙을 돌며 천천히 생각에 잠긴다.

한 바퀴, 두 바퀴 말없이 혼자 트랙을 돌수록 이런저런 생각들이 밀려온다. 다음 달에 있을 마라톤 대회 생각, 편찮으신 아버지 생각. 내년에 대학을 졸업하게 되는 아들 생각. 생각이 꼬리에 꼬리를 물고 올라온다. 그리고 무엇보다 빨리 원고를 마무리해야겠다는 생각까지.

달리며 생각하는 동안 2킬로미터 3킬로미터, 한 번씩 알림음이 나온다. 페이스가 점점 좋아지더니 어느새 10킬로미터 달렸다고 알려 준다.

처음 시작할 때는 오늘은 조금 많이 달려야겠다고 생각했지만, 마음이 바뀌었다. 이제, 그만 뛰고 집으로 돌아가 원고를 마무리해야겠다는 마음이 들었다. 오늘은 달리기보다 퇴고가 더 중요한 날이다.

트랙 돌기를 마무리하고 다시 남문을 통해 운동장에서 빠져나왔다. 집으로 다시 천천히 뛰어간다. 이번에는 강변 쪽으로 가 본다. 강변에는 가을 축제가 한창이다. 뾰족한 지붕의 하얀 부스가 강변을 따라 일렬로 쭉 늘어서 있다. '농산물 축제'라는 현수막이 보인다. 한두 군데 이제 문을 열기 시작한다. 그냥 지나친다. 산책로로 올라섰다. 완연한 가을이다. 아침 햇살 비치는 길에 낙엽이 가득하다. 멈춰 서 사진을 몇 장 찍는다. 강변 끝까지 달려왔다. 달리기 앱을 끄고 이제 서서히 걸어서 아파트로 돌아간다. 가슴이 충만해진다. 나를 위한 온전한 두 시간을 보냈다.

내 삶을 제대로 들여다보지 못하고 살았다. 뭐가 그리 조급하고 바빴는지 산책 한 번 할 마음의 여유조차 없었다. 남들이 하는 대로 따라가기도 하고 많이 휘둘리기도 했다. 작년까지만 해도 마음의 동요가 심했다. 남들이 이거 좋다고 하면 이거하고, 저거 좋다고 하면 저거 했다. 깊이 고민하지 않고 남들 따라가기 바빴다. 내가 무얼 좋아하는지, 무엇을 싫어하는지 잘 몰랐다.

내가 처한 상황에 대해서도 깊게 들여다볼 생각도 하지 못했다. 그러니 나의 문제점에 대해서도 잘 몰랐다. 당연히 삶은 나아질 수 없었다. 마음은 늘 허전하고 공허했다.

달리기 하면서 혼자 있는 시간이 예전에 비해 많이 늘었다. 달리기는 혼자 하는 운동이다. 달릴 때는 오로지 혼자다. 내 숨소리, 내 발소리, 내 마음에만 집중한다. 혼자 있기 위해 운동을 하는 건지도 모른다. 운동을 하다 보면, 과거에 있었던 어느 순간이 떠오르고, 현재와 미래에 닥칠 일들에 대해서도 생각한다. 고민하던 한가지 생각을 붙잡고 늘어지기도 한다. 그러나 보면 엉킨 실타래 풀리듯 문제가 자연스럽게 풀릴 때도 있다. 또 화나고 짜증 났던 일이 별거 아니었다는 생각이 들 때도 있다. 생각이 정리된다. 최근에는 친정아버지가 편찮으시니 삶과 죽음에 대해서도 많이 생각하게 된다. 달리는 시간은 생각하는 시간, 나에게 집중하는 시간이다.

나에게 집중하는 시간을 많이 가지려고 한다. 생각해 보면 이제 삶이 그리 오래 남지도 않았다. 살아갈 날이 살아온 날보다 적다. 하루하루가 소중하다. 매 순간 자신에게 집중하며 살아가자고 다짐한다.

과거 타인에게 집중되었던 시선은 점점 더 나를 향한다. 이제야 겨우 내가 조금씩 제대로 보인다. 나를 돌아보고 이해하고 알아간다. 좀 더 나은 내가 되기 위해 노력한다. 어쩌면 인생에서 가장 중요한 일은 자신을 제대로 알고 소중히 여기는 일이 아닐까.

새벽 달리기

달릴 때는 오로지 혼자다.
내 숨소리, 내 발소리, 내 마음에만 집중한다.

2. 같이 뛰는 사람이 있어 다행입니다

달리기를 지금까지 해 올 수 있었던 것은 함께하는 동료가 있었기 때문이다. 혼자였다면 절대 지금까지 운동하지 못했다. 자극을 주고받는 동료가 있었기에 지루할 수도 있는 달리기 운동을 오랫동안 할 수 있었다. 달리기 동료들은 비록 온라인상의 친구들이었지만, 내가 운동을 지속할 수 있는 원동력이 되었다. 그들을 보면서 나도 잘해야겠다는 생각이 들었고 힘을 낼 수 있었다.

고등학교 때 수업 중 선생님께 들은 이야기가 오래 기억에 남아 있다.

"런던까지 가는 가장 쉬운 방법은 뭘까?"

선생님이 우리에게 물었다. 돈을 준비해야 한다, 지도를 먼저 봐야 한다 등 여러 대답이 나왔던 것 같다. 그때 선생님께서는 '친구'만 있으면 된다고 말씀하셨다. 예상치 못했던 대답이었다. 자신에게 버거워 보이는 어떤 일을 해내기 위해서는 '친구'가 있으면 된다는 말이 당시 꽤 오래 머릿속에 남아 있었다. 자신이 바라는 어떤 것을 이루는 방법 가운데 하나는 어쩌면 함께 할 친구를 만나는 일일지도 모르겠다.

H님은 달리기 인증 기록도 기록이지만, 가끔 본인의 근력 운동 인증 사진을 올리기도 했다. 그 모습에 자극받아 나도 헬스장에 등록해서 운동을 시작했다. 가끔 운동과 건강 관련 인터넷 뉴스를 공유하기도 했다. 운동뿐 아니라 수면, 식단 관련 글도 종종 올려 줘서 도움이 많이 되었다. 특히, '100세 시대 건강법'이라는 칼럼을 자주 공유했다. 거기에는 운동을 통해 변화된 사람들의 모습이 다양한 사례와 함께 담겨 있었다. 많은 동기부여가 됐다.

H님은 나에게 30분 달리기를 제안하기도 하고 무섭까지 달리기를 주저하는 나에게 할 수 있다고 힘을 북돋아

주기도 했다. 달리기에 한창 재미가 붙었을 무렵 매주 토요일 둘은 미리 약속이나 한 듯이 각자 있는 곳에서 10킬로미터를 달린 후 비슷한 시간에 인증 사진을 올리기도 했다. 말은 하지 않았지만 서로 상대가 다음 날은 어느 정도 운동을 할 것이라는 예측까지 할 수 있었다.

언젠가 발이 아파, 운동을 못했다고 채팅방에 올렸다. 얼마 뒤 H님이 파스 세트를 선물로 보내 줬다. 며칠 동안 운동을 안 한 날도 있었다. 그럴 때는 또 무슨 일이 있냐며, 나의 안부를 묻기도 했다. 다음날 운동을 안 할 수가 없었다. 지켜봐 주는 동료가 있었기에 게으름을 피울 수 없었다.

2022년 손기정 10킬로미터 마라톤 대회 참가를 결정하게 된 건 블로그 이웃 Y님 덕분이다. 한때 온라인 강의를 같이 들었던 Y님은 내가 달리기 관련 블로그 글을 올릴 때마다 댓글을 자주 달아 주었다. 어느 날 손기정 마라톤 현장 대회에 갈지 말지 고민이라는 글을 올렸다. 그것을 본 Y는 본인도 마라톤에 나갈지 고민 중이라고 했다. 마라톤 완주가 자신의 버킷 리스트 중 하나였다고, 대회에 나가 보고 싶다고 했다. 얼마 후 마라톤 참가를 결정했다는 댓글이 달렸다.

그 해는 아직 코로나 시기였지만 조금 그 위세가 약화될 무렵이었다. 주최 측에서는 가상 대회와 현장 대회 두 가지를 병행했다. 어느 방식에 참가할지는 참가자 본인의 선택에 달려 있었다. 그때까지도 서울까지 가지 말고 그냥 내가 있는 곳에서, 가상으로 참가해야겠다는 마음을 가지고 있었다. 하지만 Y가 서울 잠실 운동장, 현장에 간다고 하자, 나도 서울에 가서 직접 참여하고 싶은 마음이 생겼다. 며칠을 고민하다가, 현장 대회 참여를 결정했다.

대회까지 남은 시간 동안 가끔 블로그 댓글을 주고받으며 서로 훈련 상황이나 컨디션을 물어보며 응원했다. 하지만 아쉽게도 Y님은 그날 대회에 나가지 못했다. 연습 도중 발목을 다쳤다. 병원에 가서 검사 결과 발목에 실금이 갔다고 했다. 물리 치료를 받으며 계속할지 말지를 결정해야 했다. 대회가 다가왔는데도 결국 안 나아서 대회 참가는 포기했다. 하지만, 대회 전날 서울로 올라갔기에 Y님을 카페에서 만날 수 있었다. 마치 오래 알아 온 사람 같았다.

　내가 서울에서 열리는 현장 대회에 참가하게 된 건 그녀 덕분이다. 그녀가 아니었으면 용기를 낼 수 없었고 서울까지 가지 못했을 것이다. 이렇게 때로 친구는 없는 용기도 낼 수 있게 만들어 주었다.

　그 외, 특별히 기억에 남는 몇 분이 있다. 이들은 3년이 넘은 시간 동안 꾸준히 함께하고 있다. 대부분 처음에는 운동 초보였다. 걷기 운동조차 잘 안 되던 사람들이 지금은 오래 걷기, 달리기는 물론 마라톤 10킬로미터, 하프, 풀 코스까지 뛴다. 그 변화, 발전 모습을 서로 지켜보며 함께 성장했다. 서로 응원하고 격려하고 축하했다. 그들이 있었기에 나도 힘을 낼 수 있었다.

　마라톤은 보통 혼자 하는 운동이라고 한다. 물론 혼자서 결승점까지 완주하는 외로운 운동은 맞다. 하지만, 그 과정에서 함께 하는 이들은 큰 힘이 된다. 달리기 동료들이 있어 꾸준한 운동이 가능했다. 혼자였다면 이렇게 오랫동안 과연 운동할 수 있었을지 모르겠다. 아마도 얼마 못하고 포기했을 가능성이 크다. 비슷한 상황에서 서로 격려하고 응원하며 발전할 수 있었다.

인생도 마찬가지다. 삶을 혼자서는 절대 살아갈 수 없다. 우리는 서로 주변 사람들과 영향을 주고받으며 살아간다. 남편과 아이들을 비롯한 가족과 친척, 친구와 이웃들과 더불어 살아간다. 함께하는 이들이 있기에 외롭지 않고 함께하는 이들이 있기에 내 삶이 더욱 의미 있고 소중한 것이지 않을까 생각해 본다.

3. 몸이 가벼워지면 마음은 날아다닌다

코로나를 겪으며 기분이 늘 우울했고 짜증도 자주 났다. 나를 둘러싼 모든 상황이 다 못마땅했다. 나이 오십이 막 시작되었고, 해 놓은 것 없이, 나이만 많이 먹었다는 생각이 들었다. 앞으로 하고 싶은 것도 없었고, 할 수 있는 것도 별로 없을 것 같았다.

매일 아침 밖으로 나가 달리기를 하면서 조금씩 몸이 가벼워졌다. 꽉 끼던 바지가 차츰 맞기 시작했다. 무엇보다 매일 아침 짧은 시간이었지만, 운동을 하고 땀을 흘리고 나면 상쾌한 기분이 들고 잠시나마 마음이 가벼워졌다. 어떤 날은 좋은 기분이 종일 이어지기도 했다. 밤에 잠이 들면서 빨리 내일 아침이 되었으면 좋겠다고 생각하기도 했다.

운동을 하고 몸이 가벼워지자 가장 큰 변화는 주말만 되면 어디든 가고 싶어졌다는 것이다. 집 가까이에 소백산이 있다. 학교 다닐 때 가끔 갔던 소백산. 결혼하고서는 거의 가지 않았다. 아이들을 키우며 산을 찾는다는 것은 엄두가 나지 않았다. 아이들이 어느 정도 자랐을 때 딱 한 번 함께 소백산에 올랐다.

달리기를 시작하면서부터 소백산에 여러 번 갔다. 친구에게 연락해서 같이 가기도 하고 같이 갈 친구가 없을 때는 혼자서도 갔다. 혼자서 산에 간다는 일은 예전 같으면 상상도 하지 못했던 일이다. 하지만, 체력이 길러지니 혼자서도 갈 수 있겠다 싶었다. 체력도 체력이지만 배짱이 생겼다고나 할까. 혼자서도 하고 싶은 일을 거리낌 없이 할 수 있다는 사실에 스스로 조금 놀랐다. 김밥을 싸서 혼자 비로봉까지 올라가 정상에서 점심을 먹고, 내려왔다. 혼자 산에 가 보기는, 처음이었다.

여행을 가도 지치지 않았다. 남편 회사 직원들과 부부 동반으로 베트남으로 여행을 간 적이 있다. 단체 관광이라 여행사에서 짜 놓은 코스로 가이드를 따라갔다. 일정이 빡빡했다. 첫째 날 둘째 날까지도 사람들은 생생했다. 하지만 셋째 날부터 사람들은 슬슬 지쳐가기 시작했다. 그날은 날씨가 더웠다. 산 중턱에 있는, 유명한 절까지 올라갔다가 오는 코스가 있었다. 체력이 떨어진 사람들은 덥고 짜증 나니 다들 그곳은 가지 않겠다고 했다. 힘이 남아 있던 나는 거뜬하게 가이드를 따라 산에 올라가 절을 둘러보고 왔다. 남들보다 하나 더 보고, 즐길 수 있었다.

또 하나 달라진 점이 있다. 명절이 더 이상 싫지 않았다는 것이다. 항상 명절 전날 아침 일찍 시댁에 간다. 아침부터 저녁까지 종일 음식을 하고 집에 돌아오면 몸은 파김치가 되었다. 꼼짝도 안 하고 집에서 누워 쉬다가 잠들고, 다음 날 아침이면 또 새벽같이 가서 제사 상차림을 해야 했다. 시댁이 큰집이라 손님들이 많이 왔다. 일을 하고 나면 온몸이 쳐졌다. 지친 몸으로 친정에 가면, 친정 식구들을 만나도 별로 즐겁지도 않았다. 명절은 내게 즐거운 날이 아니라 그저 지치고 힘든 날일뿐이었다.

체력이 좋아지면서 달라졌다. 명절이 다가오는 것이 싫지 않았다. 종일 일을 해도 피로감을 크게 느끼지 않고 짜증도 거의 나지 않았다. 몸이 힘들 때는 사람들 만나는 것도 지치고 힘들었는데 내 몸이 변하자 다른 사람들을 한결 부드럽고 편하게 대한다. 마음의 여유가 생겼다.

수영을 배우게 된 것도 큰 변화다. 오랫동안 생각으로만 그치던 수영을 나이 오십이 넘어 배웠다. 그전까지는 무엇을 하든 망설임이 많았다. 이리저리 재고 따지며 주저했다. 새로운 것이 하고 싶은 마음조차 들지 않았다.

움직임이 빨라지고 생각도 긍정적으로 변화되면서 하고 싶은 일들이 하나둘 생기기 시작했다. 그 시작이 수영이었다. '헬스나 하면 됐지, 옷을 갈아입고 번거롭게 물에 들어가서 무슨 운동을 한다고…….' 예전에는 이런 생각이 지배적이었다. 하지만, 생각이 긍정적으로 변하니까 '그래, 살면서 물에 한 번은 떠봐야 하는 것 아니야? 다음에 나도 멋지게 수영복 입고 바닷가에서 한 번 놀아 볼 수도 있는 거지.' 이렇게 생각이 바뀌었다. 수영장에 등록하고 없는 시간을 쪼개어 수영까지 다니게 되었다.

수영은 처음에는 잘 되다가 어느 순간 생각만큼 잘되지

않았다. 남들은 진도를 쭉쭉 나가는데 나만 점점 처지기 시작했다. 가장 기본인 자유형이 잘 안되었다. 호흡하면서 팔을 돌리는 것이, 도무지 되지 않았다. 킥 판을 놓고 연습할 때는 마치 숨을 못 쉬어 곧 죽을 것만 같았다.

몇 개월이 지나도록 자유형이 자연스럽게 되지 않았다. 포기하고 싶은 마음이 머리 꼭대기까지 올라왔다. 나는 수영에 영 재능이 없나 싶었다. 하지만 이대로 그만두기에는 자존심이 상했다. 배우기로 마음먹기까지 오랜 시간이 걸렸다. 겨우 시작을 해 놓고 포기하는 것은 아닌 것 같았다. 마음을 느긋이 먹기로 했다. 조바심 내지 않았다. 빠지는 날이 가급적 없도록 했고, 진도를 천천히 나갔다. 다른 사람들과 비교하지 않기로 마음먹었다.

자유형은 아주 조금씩 나아졌다. 결국 오래 걸리긴 했지만, 시간이 지나자, 자유형은 익숙해지게 되었고 나중에는 다른 사람들과 함께 진도 나갈 수 있었다.

수영을 배우면서 '포기하지 않으면 언젠가는 된다.'라는 사실을 배웠다. 할 줄 아는 운동이 하나 더 늘었다. 늦은 나이에도 된다는 사실을 알았다.

더 젊었던 삼사십 대와 비교하면, 지금이 훨씬 더 의욕적이고 활기차다. 하고 싶은 일도 많이 생겼다. 무엇이든 할 수 있을 것 같은 기분도 든다. '나이를 거꾸로 먹느냐', '너는 아프지도 않냐'는 소리를 가끔 듣는다. 이 나이에 10킬로미터 마라톤에 나갔다고 하면 다들 조금 놀란다. 합창단원이 되어 무대에 섰다고 하면 '네가?' 이런 반응을 보인다. 의외라는 사람들의 반응이 재미있다.

마음이 한결 여유롭고 느긋해졌다. 이 모든 변화의 시작은 운동을 통해 몸과 마음이 가벼워졌기 때문이다. 운동을 안 할 이유가 없다. 혹시 지치고 힘들다면, 무기력하고 아무것도 하기 싫다면 당장 밖으로 나가 걷기라도 해 보길 권한다.

4. 할 수 없는 건 나이 탓이 아니다

50대, 숫자로만 봤을 때는 뭔가를 하기에 너무 늦은 것은 아닌가 하는 생각이 들 수 있다. 하지만, 나의 경험상 늦은 나이가 아니다. 뭔가를 할 수 없다는 것은 핑계일 뿐이지 나이 탓이 아니다. 삼사십 대에 못 했던 달리기를 지금에 와서 하고 있다. 전혀 생각지도 못한 일을 할 수 있게 되었다. 어떤 일을 할 수 없었던 것은 미처 생각지 못했거나 아니면 알아도 시도하지 않았기 때문일 뿐이다.

작년에 춘천 마라톤 대회에 참가했다. 대회 참여하기 약 2주 전 마라톤 기념품과 안내 책자가 온다. 75쪽 정도 되는 소책자는 인사말부터 대회 안내, 대회 현황, 춘천 마라톤 역사, 기록실 이렇게 5장으로 구성되어 있다. 천천히 책자를 읽어 보다가 참가자 현황 '연령대별 참가 인원 표'에서 눈길이 멈췄다. 전체 참가 인원수 중 50대가 가장 많앗다. 의외였다. 코스별 참가자 수에서도 하프와 10킬로미터 부문에서는 40대가 가장 많았지만, 풀코스 참가자 수는 50대가 가장 많았다. 더 놀라운 것은 60대 참가자는 물론 70대도 있었고 80대 참가자도 16명이나 있었다는 사실이다. 풀코스 최고령 참가자는 남자 부문 84세, 여자 부문은 75세였다. 80대의 나이에도 마라톤 풀코스를 뛰는 사람이 있었다. 당연히 젊은 사람들이 많을 것이라 예상했는데 완전 예상을 뒤엎는 결과였다.

실제로 대회 참여하면서 나와 비슷한 또래는 물론 나이가 아주 많아 보이는 분들을 볼 수 있었다. 대회 시작 전 동호회 사람들끼리 삼삼오오 모여 기념사진을 찍는 모습을 봐도 나이가 어느 정도 들어 보였다. 달리기가 꼭 젊은 사람들만 하는 것이 아니고 나이가 들어서도 충분히 즐길 수 있는 운동이라는 생각이 들었다. 나이에 상관없이 도전을 즐기는 모습이 무척 인상적이었다.

둘째를 가졌을 무렵 공부 모임에서 알게 된 분이 있다. 당시 40대이던 이분을 알아 온 지 20년이 넘었다. 이분을 보면 나이는 정말 숫자에 불과하다는 것을 느낀다. 지금 60이 넘은 나이에 의욕적이고 활기차게 살아간다. 탁구, 배드민턴, 당구, 헬스까지 다양한 운동을 하고 즐긴다. 탁구는 시 대표 선수로 나갈 만큼 수준급이다. 최근에는 남편과 함께 골프를 배우더니, 이번 겨울 해외로 골프 여행까지 갔다고 한다. 작년에는 방통대 사회복지학과에 편입해 그동안 하고 싶었던 공부라며 공부를 시작했다. 하모니카, 오카리나 악기는 물론, 영어도 배우러 다닌다. 올여름 다니던 직장을 정년퇴직하고 노인 회관에 자원봉사까지 다니며 바쁘게 지낸다.

다섯 살 손녀를 돌보기 위해 가끔 차로 두 시간이나 걸리는 곳에 있는 딸 집에 아무렇지도 않게 다녀오기도 한다. 내가 봤을 때는 몸이 열 개라도 모자랄 것 같다. 지치지 않는 체력도 대단하지만, 그보다 늘 밝고 긍정적인 모습이 더 대단하다. 언제나 새로움을 찾아 도전하고 성취해낸다. 이분을 보고 있으면 정말 나이는 숫자에 불과하다는 생각밖에 들지 않는다.

대학을 졸업하고 나서 컴퓨터를 배웠다. 그 무렵은 컴퓨터가 아직 대중화되지 않을 때였다. 당장 필요하지는 않았지만, 왠지 배워놓아야만 할 것 같아서 학원을 찾아가서 워드 프로세스부터 배웠다. 당시 워드 프로세스 2급 자격증을 따고 곧바로 1급에 도전했지만 실패했었다. 이후 결혼하고 아이들을 키우느라 다시 공부할 시간이 없었다. 그나마 컴퓨터 기초 지식은 있었기에 사용하는데 어려움은 그다지 없었다. 그러던 어느 날 컴퓨터를 꼭 배워야만 할 계기가 생겼다.

아들이 초등학교 4학년 때다. 학교에서 낸 과제가 워드를 이용해서 하는 것이었다. 내 딴에는 예전에 배운 적이 있으니, 엄마가 가르쳐 줄게 하고 도와주려고 했다. 하지만, 막상 하려고 하니, 기본적인 것은 알았지만, 제대로 할 수 있는 게 없었다. 세월이 많이 흘렀다. 워드 프로세스 기능은 향상되었고 그동안 컴퓨터에서 손을 놓았기에 도통 뭐가 뭔지 잘 몰랐다. 갑갑했다. 다시 컴퓨터를 배워야겠다는 생각이 강하게 들었다. 학원을 찾아갔다. 거의 사십이 다 되었을 때다. 워드부터 새로 배웠다. 약 10년 가까이 육아와 살림만 하느라 컴퓨터 프로그램을 접할 일이 없었다. 워드에는 새로운 기능이 많았다. 다시 배우니 재미있기도 하고 어렵기도 했다. 약 1년 정도 다니게 되면서 한글, 파워포인트, 엑셀 등을 배웠다. 컴퓨터활용능력 2급, ITQ 한글, 엑셀, 파워포인트 자격증을 땄다. 그리고 예전에 떨어졌던 워드 프로세스 1급 시험에 다시 도전해서 드디어 자격증을 땄다. 그때 열심히 배워 둔 덕분에 지금껏 잘 써먹고 있다.

대학 친구 중에 컴퓨터를 잘 못 다루는 친구가 있다. 어쩌다 한 번씩 연락이 오곤 한다. 예전 내가 학교에 방과 후 코디로 취업했을 때 그 친구는 내가 부럽다고 했다. 그때 하는 말이 너는 컴퓨터를 잘하니까 좋겠다고 했다. 그 친구는 자신이 전업주부로 지낸 지가 오래되고, 컴퓨터 잘 모르기 때문에 일자리를 찾는데, 자신이 없다고 했다.

'지금이라도 늦지 않았으니, 컴퓨터를 배우면 어때?' 라는 나의 제안에 자신은 컴퓨터를 배우기에는 너무 늦었다고 한다. 그 말이 이해되지 않았다. 아직 충분히 배울 수 있는 나이인데 벌써 포기하다니 싶었다. 몇 번 말해도 배우지 않길래, 더 이상 권유하는 걸 그만두었다. 그때 그 친구가 늦었다 생각하지 말고 바로 컴퓨터를 배웠으면 어땠을까. 나이 탓이 아니라, 늦었다는 생각이 행동하지 못하도록 하는 것 같다.

인터넷 뉴스에서 100세에 달리기를 시작해서 100미터 세계 시니어 달리기 부문에서 신기록을 세운 할머니 이야기를 접한 적이 있다. 미국 출신 105세 할머니 줄리아 호킨스의 이야기다. 그 나이에 달리기에 출전했다는 사실도 놀랍지만, 더 놀라운 것은 그녀가 인터뷰 때 한 말이다.

"계속 100미터를 달릴 거다. 새로운 기록을 세우고 또 세우고 싶다."

나이와 상관없이 끊임없이 도전하는 그녀의 모습이 인상적이었다.

100세 시대, 고령화 시대다. 나이를 탓하며 손을 놓고 있기엔 살아갈 날들이 아직 많이 남아 있다. 마라톤에 비유하자면 지금 내 나이는 이제 겨우 반환점을 돌았을 뿐이다. 아직도 가야 할 길이 남아 있다. 하고 싶은 일이 있다면 나이를 탓해서는 안 될 것 같다. 원하는 일이 있다면 지금 바로 시작해 보자.

5. 더 이상 기록에 집착하지 않는다

'런데이'라는 달리기 측정용 앱을 켜고 운동을 한다. 운동을 마치고 나면 시간, 거리, 페이스를 알 수 있다. 페이스는 1킬로미터를 달리는 데 걸리는 시간을 말한다. 처음 달리기를 시작할 때 약 7분대 중반 정도의 페이스가 나왔다. 매일 달리기 연습을 하자, 페이스가 점점 좋아졌다. 7분대 초반을 지나 6분대로 진입했다. 6분대 중 후반을 지나자, 욕심이 나기 시작했다. 어떻게든 페이스를 6분대 초반으로 끌어올리고 싶었다.

무리하게 달렸다. 무릎이 아픈 날도, 발목이 아픈 날도 무작정 뛰었다. 평소보다 페이스가 좋게 나오면 기분이 좋았고, 조금이라도 나쁘게 나오면 기분이 안 좋았다. 운동 후 나온 페이스에 따라 그날 기분이 좌우되었다. 페이스에 대한 약간의 강박을 가지고 있었다. 페이스를 올리기 위한 달리기는 힘들고 재미없었다. 되돌아보면, 다른 사람과 은 근히 비교를 많이 했다. 단체 카톡방에 매일 그날의 운동 기록을 올리며 자연스럽게 다른 사람의 기록을 볼 수 있었다. 남들 기록을 보며 나도 열심히 해야겠다는 분발하는 마음도 생겼지만 남보다 기록이 못 나오면 약간 위축되는 마음도 있었던 건 사실이다.

페이스에 대한 욕심은, 10킬로미터 마라톤 대회에 몇 번 나가면서 차츰 줄어들었다. 마라톤 대회에 나갈 때는 페이스 따위는 신경 쓸 여유가 없었다. 그저 마음을 비우고, 단순히 '완주'만 하면 좋겠다는 마음으로 매번 대회에 참가했다. 그래서인지, 생각보다 늘 좋은 결과가 나왔다. 그 경험을 통해 굳이 애쓰지 않아도 평소 열심히 연습했다면 좋은 결과는 자연스럽게 따라오는 거라는 걸 깨달았다. 세 번째 마라톤까지는 10킬로미터 완주 시간이 한 시간을 넘어가더니, 네 번째 마라톤 대회부터는 한 시간 안쪽으로 시간이 나왔다. 네 번째 참가한 손기정 마라톤의 페이스는 5분대 후반이었다. 다섯 번째 서울 마라톤에서는 5분 초반대 페이스가 나왔다. 전혀 예상하지 못한 결과였다. 평소 꾸준히 연습한 덕분이다. 그때부터 마음에 여유가 생겼다.

어쩌다 좋은 기록이 나오면 좋지만, 잘 안 나오더라도 이제는 크게 마음 상하지 않는다. 굳이 페이스에 연연하지 않아도 좋은 결과를 얻을 수 있다는 사실을 몸소 체험했고 시간이 흐르면서 자연스럽게 페이스가 중요한 것만은 아니라는 사실을 알았다. 잘할 수도 있고, 못할 수도 있다. 꾸준히 하는 것이 중요했다.

초등학교에서 학생들에게 방과 후 수업으로 한자를 가르치고 있다. 기초 단계에서 시작해서 아이들이 어느 정도 한자를 좀 알게 되면 급수 시험을 한 번 쳐 보게 한다. 급수 시험은 수준에 따라 단계별로 되어 있다. 학생들은 한 단계씩 시험을 통과하며 동기부여도 받고 성취감도 느낄 수 있다.

처음 몇 번의 시험은 어렵지 않아 아이들이 대체로 무난히 합격한다. 시험이 한 번 두 번 계속되면서 단계가 올라가다 보면 아이들이 힘들어하는 시점이 온다. 공부할 분량이 많고 내용도 어려워진다. 공부 기간을 늘려 천천히 충분히 공부해야 다음 시험에 대비할 수 있고 합격할 수도 있다. 그런데 가끔가다가 조급한 마음을 가진 부모님을 만난다. 아이가 잘해 오니까 계속 자격증을 따게 하고 싶어서 욕심을 내는 부모님이 있다. 시험 준비가 조금 미흡하다고 말씀드려도 개의치 않고 원서를 내고 시험을 치고 싶다는 분도 있다. 아이는 시험을 준비하는 과정에서 공부를 힘들어하다가, 결국 한자 시험도 합격하지 못하고 공부도 중단하고 마는 경우가 있다. 자격증 취득에만 집착한 나머지 빚어지는 결과다.

수단이 되어야 할 한자 시험이 목적이 되어 버린 것 같다. 남들에게 보이기 위한 공부다. 아이의 의지라기보다 부모님의 욕심으로 보일 때가 있다. 공부 과정에서 열심히 하고 그 결과로 시험을 한 번 응시해 보고, 자격증도 취득하면 좋을 텐데 말이다. 아이는 어려운 공부하느라 지치고, 혹시 불합격되기라도 하면 부모님은 실망하고, 나도 마음이 불편하다. 시험은 공부를 위한 수단이 되어야지 그 자체로 목적이 되어서는 안 된다.

　좋은 결과만을 바라고 뭔가를 할 때 그것은 괴로움이 된다. 자신이 하는 일을 즐기며 그 과정에서 보람과 의미를 찾는 것이 더 중요하다. 매일 달리기를 하면서 페이스가 좋은 날도 있고 안 좋은 날도 있다. 좋다고 크게 기뻐할 일도, 나쁘다고 크게 실망할 일도 아니다. 매일 노력하다 보면 좋은 결과가 나오는 것은 당연하다.

　평소 열심히 공부하는 학생들은 시험 결과도 좋게 나온다. 자격증 따기에만 급급해서 공부하는 학생들은 평소도 공부도 힘들게 억지로 한다. 달리기든 시험공부든 결과에 연연하지 말고, 매일 묵묵히 하다 보면 좋은 결과는 자연히 따라 온다.

　달리기를 통해서 매일 결과에 연연하지 않아도 꾸준히만 하면 좋은 결과가 온다는 것을 배웠다. 아이들 한자를 지도하면서도 마찬가지다. 결과에 일희일비할 일이 없다. 결과는 늘 자신이 딱 노력한 만큼만 나온다. 묵묵히 자신을 믿고 하면 된다. 잘할 수도 있고 못 할 수도 있다. 남보다 느린 것 같아 답답함을 느낄 때도 있을 것이다. 하지만, 잘할 거라는 믿음을 가지고 노력하다 보면, 못하려고 해도, 못할 수가 없다. 노력은 정직하다.

요즘은 달리기 기록이 조금 좋지 않다. 글을 쓴다고 의자에 앉아 있는 시간이 많았다. 잘 안 움직였더니, 예전만큼 페이스가 나오지 않는다. 당연한 결과라 그대로 받아들인다. 기록에 집착하는 삶은 피곤하고 괴롭다. 무슨 일을 하든 결과에 연연하지 않고 즐겁게 받아들이는 태도가 필요하다. 즐겁게 어떤 일을 꾸준히 해 보면 좋은 결과가 따라온다고 믿는다.

2022.10.25 RunDay

Time 19:36
Distance 3.00 km
Pace 6'31"

영주 서천 강변

무슨 일을 하든 결과에 연연하지 않고
즐겁게 받아들이는 태도가 필요하다.

6. 비법은 없다, 그냥 하는 것

한때 김연아 선수의 인터뷰 사진이 인터넷에 자주 보인 적이 있다. '스트레칭을 하며 무슨 생각을 하나요?'라는 기자의 질문에 김연아 선수는 웃으며 말한다. '무슨 생각을 해요. 그냥 하는 거죠.'라고 답하고 있다. 그 사진을 보는 순간 '그냥'이라는 말이 가슴에 와서 꽂혔다.

나도 그냥 했다. 온라인 운동 모임에 참여했고, 하루 10분 달리기를 하기로 했으니 아무 불평 없이 그냥 했다. 왜냐면 내가 하기로 했으니까. 더운 날, 추운 날 따지지 않았다. 미세먼지가 낀 날도 했고 비가 오면 우산을 들고 걷기라도 했다. 피곤한 날도 했다. 생각 자체를 '매일 아침 나가서 10분 이상 걷거나 뛰자.'라고 정하자, 몸이 알아서 밖으로 나갔다.

여름에는 5시쯤, 겨울에는 6시쯤 집 밖으로 나갔다. 매일 아침 나가는 것이 습관이 되자 크게 힘들지 않다. 주말이나 휴일에도 같은 시간대에 나갔다. 그리고 좀 더 먼 거리를 뛰었다. 차츰 거리가 늘었고 페이스가 좋아졌다. 그냥 매일 하다 보니 나중에는 한 시간도 달릴 수 있게 되었다.

중간중간 그만두고 싶을 때도 있었다. 헬스를 시작했을 때다. 헬스만으로 충분한데 계속 달리기를 해야 할지 고민되었다. 그래도 해 오던 일을 그만두기는 싫었다. 둘 다 하고 싶었다. 헬스장에 가기 전후 또는 시간을 따로 떼어 반드시 10분 이상 걷거나 달렸다. 수영을 배울 때도 마찬가지였다. 수영만 해 볼까도 생각했다. 그때도 수영 전후 시간을 내서 꼭 10분 이상 걷거나 달렸다. 수영장까지 운전해서 간 후 차를 주차하고 주차장을 뱅글뱅글 돌며 10분을 채워 걸은 후 수영장으로 들어가고는 했다. 한때는 겨울 새벽 6시부 강습에 들어간 적 있다. 5시 반에 집을 나와 수영장으로 향한다. 매서운 바람이 몰아쳤지만, 기어코 주차장을 돌며 걸은 후 수영장으로 들어갔다.

컨디션이 계속 안 좋을 때도 있었다. 그때 아침에 일어나 달린다는 것은 곤욕이었다. 두통이 왔고 온몸이 쑤시고 아픈 날도 있었다. 그런 날도 웬만하면 나갔다.

작년 11월 서울에서 열리는 손기정 마라톤 대회에 참여하면서 온라인으로 같이 운동했던 몇 명의 회원을 만났다. 같이 대회에 나갔다. 대회가 끝나고 나서 점심을 함께 먹었다. 온라인으로만 소통하다가 오프라인으로 처음 보는 자리였다. 무척 반가웠고 마치 오래 알아 온 친구처럼 우린 많은 이야기를 나눴다. 나이대도 비슷하고 아이들 나이도 비슷해서 공감 가는 부분이 많았다.

　서로 초보에서 시작해서 꾸준히 하는 모습을 지켜보았고 지금 다들 괜찮은 성과를 내는 것을 알기에 통하는 것이 있었다. 그동안 달리기에 대해 그리고 오늘의 경기에 대해 할 말이 많았다. 그때 이구동성으로 한 말은 '비법은 없다'였다.

　운동에 지름길이나 비법 따위는 없었다. 그저 매일 반복이 있었을 뿐이다. 매일 일정한 반복 연습 속에서 차츰 실력이 나아졌고 좋은 결과가 만들어졌다. 그 부분에 대해서 서로 깊이 공감했다. 그 누구도 달리기에 관한 코칭을 따로 받거나, 동호회에 가입해서 배우거나 그런 적이 없다고 한다. 나 또한 마찬가지였다. 다들 그냥 혼자서 자신을 믿고 그저 매일 연습하면서 해낸 결과였다. 나처럼 10킬로미터를 뛴 회원도 있고 하프를 뛴 회원, 그리고 온 구간까지 도전했던 한 회원도 있다. '비법 없이' 해낸 사람들이다.

줌으로 스무 명 남짓 되는 사람들 앞에서 나의 달리기 경험에 대해서 미니 강의를 한 적이 있다. 강의가 끝나고 난 뒤 질문과 응답 시간이었다. 사람들의 다양한 질문이 나왔다.

"하루 달리고 하루 쉬는 게 좋을까요?"
"달리기만 쭉 하는 것보다 걷기도 하는 것이 좋다고 하는데 얼마만큼 뛰고 얼마만큼 걷는 것이 좋을까요?"
"마라톤 참가할 때 옷과 신발은 어떤 게 좋은가요?"

여러 질문에 제대로 정확하게 답을 할 수가 없었다.

"저는 매일 하다가 어쩌다 일요일 하루 쉬기도 했어요."
"달리기와 걷기는 그냥 편한 대로 봐가면서 했어요. 특별히 훈련을 체계적으로 한 건 아니에요."

"그냥 입던 옷과 운동화로……."

사람들의 다양한 질문에 제대로 대답하지 못했다. 특별히 신경 쓴 것이 없었다. 그냥 하다 보니 어쩌다 좀 더 달리게 된 것이고, 하다 보니 마라톤 대회에도 나갔다. 단순히 매일 뛴다는 것 외에 어떤 방법을 찾아 고민한 것이 없다. 달리기 주법 이런 것 잘 모른다. 간혹 무릎이 아프면 원인이 뭘까 하고 유튜브 영상을 찾아보거나 했을 뿐이다.

달리는 일이 괴로웠다면 이렇게 오래 하지 못했을 것이다. 나는 달리기가 크게 힘들지 않았고 하면서 나름 재미도 찾았다. 하기 싫은 날도 있었지만, 며칠 지나면 또 괜찮아졌다. 온라인상이었지만, 하기로 한 약속을 지켰다. 매일 약속을 지켜나가다 보니, 실력이 늘었다. 달리기는 하면 느는 것이 분명하다. 단지 안 할 뿐이지. 또 한편 생각해 보면, '해야' 느는 것이었다. 실력이 저절로 나아지는 법은 없다. '하면 늘고, 해야 느는 것.' 비단 달리기뿐 아니라 다른 분야도 그렇지 않을까. 특별한 비법은 없다.

오늘 아침 평소 운동 나가는 시간보다 약간 늦었다는 이유로 운동을 나가지 못했다. 낮에 뛰어야지, 낮이 안되면 밤에라도 뛰어야지 했지만 이미 밤이 되어 버렸다. 조금 아쉬운 하루다.

원하는 것이 있다면 이리저리 재고 따지고 할 필요가 전혀 없다. 오늘 하루 운동을 하게 되면 내일도 하는 것은 어렵지 않다. 오늘 행동하지 않으면 내일도 하지 않을 가능성이 크다. 그러니 오늘 바로 '그냥' 하는 것. 이것이 비법이라면 비법일지도 모르겠다.

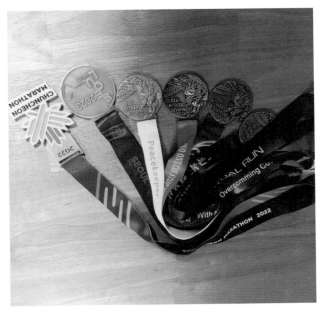

마라톤 완주 기념 메달

운동에 지름길이나 비법 따위는 없었다.
그저 매일 반복이 있었을 뿐이다.

7. 열 번을 달려 보니 어느새 10킬로미터

처음 달리기를 시작했을 때는 1킬로미터를 뛰는 것도 힘들었다. 어른이 된 이후로 달리기를 거의 한 적이 없었다. 당연히 뛴다는 것은 어려운 일이었다. 달리기를 해 보겠다고 마음먹고 시작했던 첫날의 기억이 아직도 생생하다. 낡은 크로스백에 핸드폰을 집어넣고 뛰었다. 달리면 그 백이 덜렁거릴 거라는 생각조차 하지 못했다. 가방이 뛰자마자 덜렁거렸다. 한 손으로 가방을 누르며 뛰었다.

뛰면서 어색해서 피식피식 웃었다. 첫날 뛴 장소는 사람이 잘 다니지 않는 시골길이었다. 아무도 보는 사람이 없어 그나마 다행이었다. 7월 1일, 한여름이었고 이른 아침이었다. 뛰다가 시간이 얼마나 지났나 싶어 전화기의 시계를 보았다. 몇 분 지나지 않았다. 달리며 몇 번이나 전화기를 꺼내 시간을 봤는지 모른다. 숨이 턱 밑까지 차올라 도저히 달릴 수 없을 것 같아 멈췄다. 9분 몇 초. 10분을 못

채웠다. 거리는 1킬로미터가 조금 넘었다.

　꾸준히 연습하며 2킬로미터를 연속해서 달릴 수 있게 되었다. 그러다가 3킬로미터, 4킬로미터 차츰 거리를 늘려 갔다. 한창 달리기에 재미가 붙었을 때, SNS를 통해 잘 달리는 사람들을 보면서 10킬로미터를 거뜬히 달리는 그들이 부러웠다. 나도 그들처럼 잘 달리고 싶었다. 10킬로미터 달리기가 나의 목표이자 소원이었다.

　연습을 계속하던 어느 날, '10킬로미터는 1킬로미터 열 번이면 되겠구나.'라는 생각이 들었다. 그렇게 생각하자, 10킬로미터가 그리 먼 거리로 느껴지지 않았다. 좀 더 수월하게 달리며 조금씩 거리가 늘었고, 결국 넉 달 후에 10킬로미터를 달릴 수 있게 됐다. 최소 10분 달리기를 시작했듯이 거리도 마찬가지였다. 내가 할 수 있는 1킬로미터부터 조금씩 늘어 10킬로미터까지 뛴 것이다. 어느 날 단숨에 10킬로미터를 뛴 건 아니다. 작게 끊어서 생각해 보면 그리 어려운 일도 아닌 것 같다.

몇 년 전 한자 급수 시험 1급에 합격했다. 합격하려면 3,500자의 한자를 읽고 쓰며 활용할 줄 알아야 한다. 객관식 문제가 50문제이고, 주관식이 100문제이다. 약 1년 정도의 시간을 가지고, 공부하면서 한 번은 떨어지고 두 번째 시험에서 겨우 합격했다.

대학 졸업 후 한자 공부에는 거의 손을 놓았다. 학교 다닐 때도 억지로 공부하고 겨우 졸업했다. 40대 후반 새롭게 공부해야 할 때, 아는 한자가 거의 없었다. 처음부터 다시 공부했다. 아주 기초적인 한자도 생소하게 느껴졌다. 오랜 시간 한자에 손을 놓았기에 당연한 결과였다. 시간을 만들어서 공부했다. 자격증 취득을 목표로 했다. 준2급, 2급, 준1급, 마지막으로 1급 이렇게 단계를 밟으며 하나씩 올라갔다. 차근차근 아래 단계부터 하니까 어렵게만 느껴지던 1급 공부도 할 수 있었고 합격했다. 아이들 앞에 당당하다. '선생님 한자 몇 급이에요?'라고 물으면 당당하게 '1급이지!'라고 말한다.

1급을 딸 수 있었던 비결은 낮은 급수부터 했기 때문이다. 처음부터 1급을 목표로 했다면, 아마 하지 못했을 거다. 달리기도 한자 공부도, 쉽고 만만한 '낮은 단계'가 먼저였다. 다른 모든 일에서도 그렇지 않을까 생각해 본다. 낮은 것에서 시작해서 조금씩 나아질 수 있다.

한자를 가르치는 학생 중에 올해 5학년이 되는 남학생이 있다. 1학년 때부터 한자 공부를 시작했다. 아무것도 모르던 상태에서 조금씩 실력이 좋아졌다. 워낙 배우는 것을 좋아하고 성실한 학생이어서 자격증 시험도 치는 시험마다 합격했다.

쓰기 문제가 나오는 3급에서 몇 번 고배를 마시더니, 다음부터는 또 승승장구다. 얼마 전에는 2급 시험에까지 합격했다. 한자 2,000자를 알아야 붙을 수 있는 시험이다. 어른들도 어려워하는 급수에 당당히 합격했다. 그 학생은 한자 공부를 계속하고 싶어 했지만, 나는 조금 가르치는 일이 망설여졌다. 초등학교 5학년으로서 너무 어려운 것을 공부하는 게 아닌가 하는 생각이 들었다. 과연 아이가 어려운 한자를 잘 받아들일 수 있을지 내가 과연 잘 가르칠 수 있을지 자신이 서지 않았다.

며칠 고민을 하다가 아는 분에게 물어봤다. 5학년 수준에 준1급은 너무 높은 것 아니냐고 그러자 그분은 잠시 생각하더니 이렇게 말한다.

"2급 합격했다면서요? 해 온 게 있으니까 조금 더하면 되겠네요!"

생각해 보니 그 말이 맞았다. 갑자기 어려운 공부를 하려는 것이 아니라 그 앞 단계까지 해 온 게 있었다. 그러니, 다음 단계를 주저할 이유가 없었다. 조금 더 노력을 기울이면 되었다. 마치 1킬로미터를 뛰면 2킬로미터도 뛸 수 있듯이. 계속 공부할 수 있겠다는 생각이 들었다. 그 학생과 공부를 계속하기로 약속했다.

목표를 이루기 위해서는 실천하는 것이 중요하다는 사실은 누구나 다 안다. 실천이 어려운 이유는 목표가 너무 크거나 멀리 있기 때문일 수 있다. 그럴 때 목표를 작게 잡아 보는 것은 어떨까? 하루에 내가 해낼 수 있는 적정한 양을 정하고 그것만은 어떠한 경우라도 해내는 것. 그것이 어쩌면 목표에 도달할 수 있는 유일한 방법일지 모른다.

낙숫물이 모여 바위를 뚫는다. 오늘 이루는 작은 성취가 큰 성공으로 이어진다. 작은 일에 정성을 다하자. 작은 일을 할 수 있어야 큰 일도 해낼 수 있다. 오늘이 모여 내 인생이 된다.

오늘도 한 걸음

작은 일에 정성을 다하자.
작은 일을 할 수 있어야 큰 일도 해낼 수 있다.

8. 포기하지 않으면 승리한다

　포기하면 절대 승리하지 못한다. 승리자는 포기하지 않는 사람이다.

　시작이 빠르고 포기도 빠른 시대다. 어떤 일을 하든 포기하지 않는 것이 중요하다. 사람들이 성공하지 못하는 이유는 대부분 어떤 일을 시작했다가도 중도에 포기하기 때문이 아닐까. 무슨 일이든 조금 하다 보면 싫증 나고 힘들고 귀찮고 짜증 나는 순간이 온다. 그 순간 포기하는 사람은 실패하게 되고, 포기하지 않고 끝까지 하는 사람은 결국 성공하게 된다. 살아 보니, 어떤 일이든 마음먹은 일이 있다면 끝까지 하는 것이 중요하다.

　달리기 운동을 하며 포기하고 싶은 순간이 가끔 있었다. 두 번째 대회를 앞뒀을 때 가장 심했다. 다 때려치우고 싶은 마음뿐이었다. 당시 몸이 몹시 피곤했다. 늦게 자는 날이 많았다. 밤늦게 야식을 자주 먹기도 했다. 다음 날 아침 일어나는 것부터 힘들었다. 운동화를 신고 겨우 밖으로 나가기는 했지만, 몸은 천근만근이었다. 당장 그대로 집으로 들어오고 싶었다. 쉬고 싶었다. 흐린 정신으로 억지로 뛰는 것이 무슨 소용이랴 싶었다. 날도 점점 추워지고 해가 짧아지던 11월이었다.

11월 중순에 있는 대회가 다가오는 동안 몇 번이나 그냥 '포기'라는 단어가 떠올랐는지 모른다. 내가 마라톤을 완주한다고 해서 누가 알아주는 것도 아니고 어떤 실질적인 이익이 있는 것도 아니었다. 안 뛰면 그만이었다.

포기할까 계속할까 갈등하다가 마지막으로, 한 번 더 생각해 봤다. 계속하는 것이 맞았다. 나 스스로 세웠던 계획을 포기한다는 건 나 자신에게 지는 일이었다. 그럴 수는 없었다. 연습을 계속했다. 대회에 나갔고 완주했다. 첫 대회보다 기록은 좋지 않았지만, 다섯 번의 대회 중 가장 기억에 남는 대회였다. 그만두고 싶은 마음을 이겨냈기 때문이다. 포기는 쉽고, 지속하는 건 어렵다. 어려운 것을 해냈다. 그만큼 의미 있었다.

세 번째 마라톤도 포기하고 싶은 순간이 있었다. 춘천까지 혼자 가서 마라톤에 참여하는 일은 한 번도 안 해 본 일이라 큰 용기가 필요했다. 달리는 것은 별로 어렵지 않았다. 문제는 나 혼자 그 멀리까지 잘 다녀올 수 있을까 하는 것이었다. 가기 전 오만 생각이 다 들었다. 그곳까지 운전은 과연 잘할 수 있을지, 많은 인파가 몰리는데 주차를 문제없이 할 수 있을지 등 고민이 들었지만, 결국 다 해내고 집으로 무사히 돌아올 수 있었다. 포기하지 않았기에 가능했다.

네 번째 마라톤도 비슷했다. 처음으로 서울 현장 대회에 참가하기로 한 결정부터 만만치 않았다. 굳이 서울까지 가야 하나? 이 나이에 이것이 무슨 소용이 있나, 너무 별난 것 아닌가 싶기도 했다. 10킬로미터라면 몇 번이나 뛰어 봤는데, 굳이 또 해야 하나 하는 마음도 들었다. 결국 지인과 함께 참여하기로 하면서 차근차근 준비했고 참여했다. 태어나 처음으로 잠실 종합 운동장을 가 봤다. 잠실 대교도 뛰어 봤다. 결승선을 통과할 때 그 짜릿함과 통쾌함을 잊을 수가 없다. 포기하지 않았기에 누릴 수 있었던 기쁨이다. 만약 그때 포기했더라면 그런 기쁨도 없었다.

인생을 살아가며 포기하지 않으면 얻을 수 있는 것들을 너무나 쉽게 포기하면서 살아오지 않았나 싶다. 원하는 것의 목표는 늘 컸다. 마라톤에 비유한다면 늘 풀코스를 완주하기를 바랐다. 그러면서 연습은 전혀 하지 않았다. 원하는 것은 있었지만 거기에 합당한 노력은 기울이지 않았다. 삶을 변화시키려면 내가 변해야 했다. 막연한 기대를 품고 바라기만 하면서 어떻게 변화를 꿈꾸겠는가. 완주를 원하면 발로 뛰어야 한다. 힘들어도 지쳐도 포기하지 않고 매일 운동화를 신고 밖으로 나가 뛰어야 한다. 그러면 마라톤 완주라는 결과도 얻을 수 있다.

어쩌다가 오십의 나이에 달리기를 시작했다. 단순한 생각으로 가볍게 시작했다. 매일 하다 보니 잘 달리게 되었고 잘 달리다 보니, 대회도 나가게 되었다. 하나하나 목표한 바를 이룰 때마다 성취감이 크게 느껴진다. 앞으로 더 잘할 수 있겠다는 생각도 든다. 몇 번 해 보고 그만두었더라면 지금 같은 생각은 할 수 없었을지도 모른다.

이제껏 살면서 꾸준히 해 본 일이 잘 없다. 의욕과 욕심이 앞서 언제나 시작은 거창하게 해 놓고 결과는 늘 초라하기 짝이 없었다. 시작이 빨랐지만, 포기도 금방이었다. 이제는 무슨 일을 하든 끝까지 해 보자고 마음먹는다.

책을 쓴다고 마음먹은 지 한참 지났다. 초고는 비교적 짧은 시간 마무리했다. 시간이 흘렀다. 그동안 공저 두 권을 썼다. 개인 책을 미뤄 두고 있다가 지금 쓴다. 포기하지 않았기에 아직 실패는 아니다. 글쓰기 수업을 계속 듣고 있다. 더 노력해야 한다. 앞으로 얼마나 더 퇴고할지 모른다. 포기하지 않으면 언젠가 목표 지점에 도착한다. 이제 포기라는 말은 내 인생에서 지워 버린다.

자기 확신이 중요하다. 포기하지 않으려면 무엇보다도 우선시 되어야 할 것이 자기 확신이다. 자신을 믿어야 한다. 글을 잘 쓰지 못한다는 생각이 나를 자꾸만 포기하게 했다. 글은 써 봐야 자신이 잘 쓰는지 잘 못 쓰는지 알 수 있다. 아직 초보이기 때문에 잘 쓰지 못하는 건 당연하다. 그걸 받아들이면 된다. 자신이 못 쓸 수도 있다는 생각을 받아들이고 매일 노력하다 보면 언젠가 잘 쓰게 되리라 믿는다. 중요한 건 포기하지 않는 거다. 조금씩 쓰다 보니 어느새 원고 마지막 꼭지에 이르렀다. 포기하지 않은 덕분이다.

마치는 글

    지난달 손기정 평화 마라톤 대회에 딸과 함께 참가했다. 작년, 관중석에 앉아 나를 응원하던 딸이 올해는 직접 10킬로미터를 뛰었다. 10킬로미터만 뛰던 나는 하프 코스를 완주할 수 있었다. 여름과 가을에 걸쳐 조금씩 거리를 늘여서 연습한 덕분이다.

    달리기는 하면 할수록 느는 운동이다. 날씨와 상관없이 매일 아침 밖으로 나가 뛰었다. 새벽에 못 뛴 날은 밤에 뛰기도 했다. 며칠 못 뛰었더라도 포기하지 않고 다시 달렸다. 그렇게 3년 반이 지났다. 달리기 앱에는 현재 약 3,300킬로미터 기록이 쌓였다.

    몸이 건강해진 것은 물론, 자신감이 생겼다. 생활 반경이 넓어지고, 새로운 일에 도전한다. 지루하고 답답하던 일상이 다채로운 경험으로 채워지고 있다. 나의 경험을 담은 책까지 쓰게 되었다. 이 책을 통해 독자에게 전하고 싶은 이야기를 아래 세 가지로 정리해 본다.

첫째, 무엇을 하든 작게 시작해 보라고 권하고 싶다. 달리기를 오랫동안 해 올 수 있었던 건 처음부터 무리하지 않았기 때문이다. 처음부터 30분씩 달린다거나 마라톤 출전을 목표로 운동을 했더라면, 금방 포기했을지도 모른다.

처음에는 그저 10분만 뛰면 된다는 생각으로 가볍게 시작했다. 10분은 뭔가를 하기에 그리 부담되는 시간은 아니다. 누구나 할 수 있다. 마음만 먹으면 그리 어렵지 않다. 쉬우면 매일 할 수 있다. 매일 하면 실력이 는다. 어떤 일을 하든, 처음에는 자신에게 조금 만만해 보이는 걸로 작게 시작했으면 좋겠다. 달리기가 어려운 사람은 걷기라도 꾸준히 했으면 한다. 걷다 보면 뛰고 싶은 마음이 들지도 모른다. 자신의 건강을 지키기 위해 누구라도 10분을 투자할 수 있지 않을까.

둘째, 시작한 일을 계속하자. 나는 무슨 일이든 쉽게 포기하던 사람이었다. 뭐든 처음에는 의욕이 앞서 시작했다가도 금방 시들해졌다. 조금만 힘들어도 참아 내지를 못했다. 젊었을 때 취업 시험에 여러 번 실패했고, 책 쓰기를 한다고 시도 했지만, 끝까지 해내지 못했다. 성과는 없었고 좌절감만 남았다. 중도에 포기했기 때문이다.

글을 쓰며 내가 지나온 시간을 정리하게 되었다. 나는 뭔가 한 가지를 진득하게 하지 못했다. 그 사실을 이제야 받아들이고 인정한다. 어떤 일이든 하다 보면, 반드시 문제가 생기기 마련이다. 문제가 생겼을 때 그 일을 대하는 자세에 따라 성패가 좌우된다. 피하고만 볼 일이 아니라, 어떻게든 헤쳐 나가야 한다. '도망친 곳에 천국은 없었다.'라는 말, 이제야 이해한다. 달리기하며 알았다. 무슨 일이든 직면하고 계속해 나갈 때만 성장이 이루어진다는 사실을. 하던 일을 지속하다 보면 문제를 헤쳐 나갈 방법도 찾을 수 있다. 무슨 일이든 시작했으면 끝까지 해 보자.

셋째, 생각만 하지 말고 움직이자. 움직여 보면 알게 된다. 자신이 생각보다 강하다는 사실을. 움직여 보기 전에는 절대 알 수 없다. 생전 해 보지 않았던 달리기를 했다.

해 보니까 됐다. 단지, 접하지 못했거나 안 했을 뿐이지 못할 일은 없다고 본다. 달리기를 통해 깨닫게 된 사실이다.

책 쓰기도 마찬가지다. 그동안 안 해 놓고는 못한다고 하고 있었다. 머리로 생각만 했지, 행동하지 않았다. 행동만이 결과를 가져올 수 있다. 행동하면 자신에 대한 믿음이 생겨난다. 자신에 대한 믿음이 생기게 되면 무슨 일을 하든 끝까지 밀고 나갈 수 있다. 일단 움직여 보자. 할 수 있다는 사실을 알게 된다. 머릿속 생각만으로는 아무것도 할 수 없다.

자존감이 낮았다. 하던 일은 잘 안되고, 늘 나는 못나고 부족한 사람이라는 생각으로 살아왔다. 달리기하며 조금씩 내가 좋아지기 시작했다. 나도 뭔가를 '해낼 수 있는' 사람이라는 걸 알았다. 처음에는 고작 이렇게 달리는 것 가지고도 칭찬을 들을 수 있다는 사실이 의아했다. 달리기는 어쩌면 나에게 그동안 굶주렸던 칭찬과 인정을 받을 수 있는 유일한 도구였는지 모른다.

달리고 난 뒤의 벅찬 기분을 잊어버리고 싶지 않았다.

그 가슴 뛰는 순간을 기억하기 위해 글이 쓰고 싶어졌다. 블로그에 간간이 기록을 남겼다. 나처럼 달리기를 하고 싶다는 사람이 간혹 있었다. 운동을 하고 싶은데 꾸준히 하기가 어렵다는 사람도 있었다. 그들에게 나의 달리기 경험을 전하고 싶어졌다. 나의 이야기를 들려준다면 그들도 건강하고 활기찬 중년을 보낼 수 있게 되지 않을까 하는 생각이 들었다.

만만치 않았던 책 쓰기 작업이 드디어 끝나 간다. 차라리 밖으로 나가 달리는 게 낫지, 책상 앞에 앉아 글을 쓰는 일은 여간 힘든 게 아니었다. 들썩이는 엉덩이를 누르고 앉아 겨우 글을 썼다. 차분히 앉아, 그동안 있었던 기억을 하나하나 더듬어 끄집어내고 의미를 찾아내는 일은 달리는 일보다 몇 배는 더 어려웠다. 끝날 것 같지 않던 일도 이제 그 끝이 보인다. 매듭을 지을 수 있어서 다행이다. 부디 이 책을 읽은 어느 한 분에게라도 도움이 될 수 있기를 바란다.

마지막으로, 운동 모임을 열어 달리기를 시작할 수 있게 해 준 운영자님, 달리기를 함께 해온 온라인 친구들, 그리고 책이 나올 수 있도록 응원하고 격려해 준 글쓰기 선생님께 깊은 감사의 마음을 전한다.